O PROCESSO DE ALFABETIZAÇÃO

O PROCESSO DE ALFABETIZAÇÃO
Novas contribuições

Cláudia Maria Mendes Gontijo

Martins Fontes
São Paulo 2002

*Copyright © 2002, Livraria Martins Fontes Editora Ltda.,
São Paulo, para a presente edição.*

1ª edição
outubro de 2002

Preparação do original
Maysa Monção
Revisão gráfica
*Helena Guimarães Bittencourt
Ivete Batista dos Santos*
Produção gráfica
Geraldo Alves
Paginação/Fotolitos
Studio 3 Desenvolvimento Editorial

Dados Internacionais de Catalogação na Publicação (CIP)
(Câmara Brasileira do Livro, SP, Brasil)

Gontijo, Cláudia Maria Mendes
   O processo de alfabetização : novas contribuições / Cláudia Maria Mendes Gontijo. – São Paulo : Martins Fontes, 2002. – (Texto e linguagem)

Bibliografia.
ISBN 85-336-1673-2

1. Alfabetização 2. Escrita 3. Leitura I. Título. II. Série.

02-5113   CDD-372.414

Índices para catálogo sistemático:
1. Alfabetização : Processos : Ensino fundamental   372.414

Todos os direitos desta edição reservados à
Livraria Martins Fontes Editora Ltda.
*Rua Conselheiro Ramalho, 330/340 01325-000 São Paulo SP Brasil
Tel. (11) 3241.3677 Fax (11) 3105.6867
e-mail: info@martinsfontes.com.br http://www.martinsfontes.com.br*

Índice

Introdução **1**

Capítulo 1 Diferentes olhares sobre o processo de desenvolvimento da escrita na criança **5**
    1. A gênese da escrita na criança: os estudos de Ferreiro sobre a evolução da escrita **11**
    2. A pré-história da escrita na criança: as investigações de Luria **16**

Capítulo 2 Sobre a abordagem teórico-metodológica **25**
    1. O contexto da pesquisa **36**
    2. Os alunos da classe do Bloco Único **37**

Capítulo 3 Os sentidos da alfabetização **39**
    1. A alfabetização possibilitará a realização das tarefas escolares **42**
    2. A aprendizagem da leitura e da escrita tem como finalidade o trabalho **45**
    3. A aprendizagem da leitura e da escrita tem como finalidade a mobilidade social **48**
    4. A alfabetização possibilitará a realização de atividades cotidianas **51**

Capítulo 4 O papel do desenho: a imitação
da atividade de leitura **55**
    1. Os desenhos servem para ser lidos **60**
    2. Os desenhos servem para ver e olhar **70**
    3. Os desenhos servem para indicar o
que está escrito **72**
    4. Os desenhos servem para realizar
as atividades propostas pela professora **74**
    5. Os desenhos servem para conferir
a leitura **79**

Capítulo 5 A origem dos princípios de legibilidade
da escrita **87**
    1. Princípios de quantidade e variedade
de letras **90**
        1.1 O escrito serve para ser lido **91**
        1.2 O escrito não serve para ser
lido **100**
        1.3 O escrito serve para aprender a
ler e a escrever **102**
        1.4 Análise do texto **103**

Capítulo 6 As relações entre as letras e as unidades
constituintes da linguagem oral **109**
    1. As atividades de escrita **113**
        a) A escrita não é um recurso para a
memória **113**
        b) Análise das unidades sonoras no plano
verbal **118**
        c) A escrita é um recurso para a
memória **124**

Capítulo 7 Considerações finais **129**

Referências bibliográficas **139**

Para Leonardo, Larissa, Lays e Luana.

Introdução

Os capítulos que compõem este livro têm por objetivo apresentar as investigações realizadas sobre o processo de apropriação da leitura e da escrita por crianças em início de alfabetização em uma escola da Rede Municipal de Ensino de Vitória (ES).

Pesquisar a alfabetização no atual contexto brasileiro é um desafio. Desafio maior é romper com as concepções de alfabetização que se tornaram hegemônicas e, portanto, já fecundaram tanto a prática como o discurso educacional em torno dela.

A proposta do estudo foi buscar recuperar a historicidade do processo de alfabetização. Para Bakhtin, "penetrar no mundo da linguagem escrita é penetrar no mundo da cultura, no interior das relações sociais existentes, porque a língua é material e instrumento de si mesma, produzida na interação social" (apud Kramer, 1993). Dessa forma, a alfabetização é um processo pelo qual a criança *penetra*, se insere na história do gênero humano.

Assim sendo, não pode ser concebida apenas numa dimensão prático-utilitária, voltada para a reprodução da existência em-si. Essas versões do significado da alfabetização têm encontrado apoio da política da educação institucionalizada, pois capacitam os indivíduos para viverem em sociedade e reproduzirem as relações sociais e de produção nela existentes. A alfabetização é um processo de inserção da criança no mundo da linguagem escrita. Assim, é o processo pelo qual as crianças tomam para si o resultado do desenvolvimento histórico-social, de modo que desenvolvam as possibilidades máximas da humanidade, quais sejam, da *universalidade e liberdade do homem*.

Desse modo, a alfabetização, a despeito da heterogeneidade de sentidos que lhe é atribuída, é um processo *formativo para-si*. Ela realiza um dos *círculos essenciais* da formação da individualidade humana. É óbvio que não é o único processo que possibilita a formação de uma *humanidade consciente*, mas, sem dúvida, constitui um dos *círculos essenciais* da formação da humanidade.

A alfabetização, nesse sentido, está vinculada a uma concepção de homem e sociedade. Segundo Duarte, a perspectiva social e histórica, ao definir o que é o homem, "busca critérios de definição de quais as máximas possibilidades concretamente existentes de vida humana" (1993, p. 68), ao mesmo tempo "que busca compreender as causas da alienação, ou seja, do fato de que a vida da maioria das pessoas não apenas se distancie muito dessas possibilidades, como também, em muitos aspectos, esse distanciamento seja parte justamente do processo que tem, como resultado, o desenvolvimento do gênero à custa dos indivíduos" (1993, p. 68).

Assim, "a concepção sócio-histórica não se limita a responder o que o gênero humano *é*, mas, na resposta ao que ele *é*, procura os elementos para responder o que ele pode vir-a-ser e, dentre as alternativas possíveis, a concepção histórico-social elege aquelas que considera constitutivas do que o gênero humano deve vir-a-ser" [*grifos do autor*] (Duarte, p. 69). A definição do que o gênero *deve vir-a-ser* está ligada a que a vida dos homens deve manifestar o grau de universalidade e liberdade já alcançado pelo seu ser social, pelas objetivações do gênero humano.

Este livro representa um esforço na tentativa de construir uma concepção de alfabetização que supere as concepções que naturalizam o desenvolvimento da leitura e da escrita nas crianças. Acreditamos que poderemos, a partir dessas primeiras elaborações, contribuir para esse propósito.

Capítulo 1 **Diferentes olhares sobre o processo de desenvolvimento da escrita na criança**

Os métodos de alfabetização amplamente divulgados no Brasil são os dos tipos analíticos (que iniciam o processo de alfabetização do todo para as partes) e sintéticos (das partes para o todo), sendo exemplos dos primeiros os métodos de palavração e globais e, dos segundos, os métodos fônicos e silábicos. Com relação ao método sintético, Ferreiro & Teberosky (1989) afirmam que inicialmente se pensou que os elementos mínimos da escrita fossem as letras, e, por isso, durante muito tempo, as crianças aprenderam a ler e a escrever pronunciando as letras e estabelecendo regras de sonorização da escrita. Sob a influência da lingüística, desenvolveu-se, mais tarde, o método fônico, que propõe que se parta do oral, e não da grafia do som, como preconizava o método alfabético.

Segundo Pimentel (1984), Ferreiro & Teberosky (1989), apesar de haver divergências entre os defensores do método sintético quanto à unidade que deve ser utilizada para iniciar o processo de alfabetização (som ou letra), concordam quanto à mecanicidade do aprendizado da leitura e da escrita. A escrita é considerada uma transcrição da fala, em que cada som tem um correspondente gráfico e vice-versa.

Ao enfatizar a correspondência grafema-fonema, o processo de aprendizagem da leitura e da escrita é visto como uma "simples associação entre as respostas sonoras a símbolos gráficos" (Ferreiro & Teberosky, 1989, p. 20). Dessa forma, a criança só poderá ler compreensivamente quando possuir o domínio perfeito da mecânica da leitura, que se inicia após o reconhecimento da letra e de seu respectivo som.

Com relação ao método analítico, pode-se dizer que pressupõe "a leitura como um ato global e ideovisual, pois a visão de conjunto precede a análise no espírito infantil" (Pimentel, 1984, p. 39), e que o ato de leitura envolve uma tarefa eminentemente visual. Segundo Ferreiro & Teberosky, existem diferenças fundamentais entre os dois métodos mencionados, pois ambos se "apóiam em concepções diferentes do funcionamento psicológico do sujeito e em diferentes teorias de aprendizagem" (1989, p. 20).

No entanto, Braggio (1992) argumenta que esses dois métodos, aparentemente diferentes, têm pressupostos comuns, pois ambos reduzem a linguagem e a aquisição do conhecimento ao nível sensorial e fisicamente observável. Esses métodos consideram a linguagem um sistema fechado, autônomo, constituído de elementos não relacionados entre si, em que a gramática e a semântica são consideradas separadas uma da outra, tendo a primeira precedência sobre a segunda. O significado é tido como único, unilateral e fragmentável em componentes constitutivos mínimos, isolados da totalidade do fenômeno lingüístico e do conteúdo sócio-histórico-cultural. Com relação à aquisição da linguagem escrita, trata-se de uma habilidade a ser adquirida, que requer capacidade de associação mecânica, repetitiva e imitativa.

Ainda segundo Braggio (1992), essa opção teórica acerca da natureza e aquisição da linguagem implica uma concepção de homem e sociedade idealística e abstratamente concebida, sendo que o homem é entendido como um ser isolado na sociedade, incapaz de mudar a si mesmo e a realidade que o circunda.

Nessa perspectiva, a prática educativa do ensino da leitura e da escrita, proposta principalmente pelos materiais de alfabetização (cartilhas, por exemplo), que constituem os métodos de alfabetização anteriormente citados, aponta a aquisição da leitura e da escrita como um ato mecânico, no qual a forma precede o significado.

Em várias cartilhas (*Caminho suave*, 1949; *Letrinhas mágicas*, s/d; *Letrinhas amigas*, s/d, etc.), segundo Dietzsch (1991), pode-se observar que os autores recorrem ao processo de repetição de letras, sílabas e vocábulos, supondo que isso irá ajudar a criança a aprender. Além disso, de acordo com essa autora, a cartilha *Caminho suave*, cuja data de publicação da primeira edição é 1949, mantém, até hoje, o mesmo conteúdo, as mesmas palavras-chaves e a mesma seqüência de estudo. Isso porque seus autores concebem a aprendizagem como processo de repetição de sílabas sem significado. Sendo assim, não existe preocupação com o fato de que os significados das palavras evoluem com o tempo, que uma mesma palavra pode ter significados diferentes, dependendo do contexto sócio-histórico-cultural em que está sendo usada.

Contrapondo-se a esses métodos de alfabetização, Ferreiro & Teberosky (1989) realizaram estudos sobre a gênese dos processos de aprendizagem da leitura e da escrita. Esses estudos vieram modificar as formas de entendimento de como a criança aprende.

Parece inaceitável, para as pesquisadoras, que a aprendizagem da leitura e da escrita se dê por imitação e repetição de um modelo, em resposta a estímulos do ambiente. Com base na teoria de Piaget e em estudos da psicolingüística moderna, elas acreditam que os

> estímulos não atuam diretamente sobre os sujeitos, mas que são transformados pelos sistemas de assimilação do sujeito [...] e que neste ato de transformação o sujeito interpreta o estímulo [...], e é somente em conseqüência dessa interpretação que a conduta do sujeito se faz compreensível (Ferreiro & Teberosky, 1989, p. 21).

Os estudos da psicolingüística moderna (Chomsky, apud Ferreiro & Teberosky, 1989), por sua vez, também contestam a posição de que a aquisição da linguagem oral se dê por um processo de imitação e que as emissões vocálicas das crianças são reforçadas seletivamente pelos adultos, na medida em que correspondem a palavras usadas pelas pessoas do meio social em que a criança está inserida. O aprendiz não espera passivamente reforço externo a uma resposta por ele produzida. Ao contrário, busca ativamente conhecer a natureza da linguagem que circula à sua volta, procurando compreendê-la, formulando hipóteses, buscando regularidades e criando a sua própria gramática.

Os estudos de Ferreiro & Teberosky, portanto, demonstram "a pertinência da teoria psicogenética de Piaget e das conceitualizações da psicolingüística contemporânea para a compreensão dos processos de aprendizagem da língua escrita" (1989, p. 32). No livro *Psicogênese da língua escrita*, as autoras descreveram os estágios de equilíbrio encontrados entre crianças que estavam aprendendo o espanhol como língua escrita, até a emergência de uma concepção alfabética. Os níveis de evolução da escrita encontrados nessas crianças foram estabelecidos a partir da análise qualitativa dos resultados obtidos em situações experimentais. Tais situações consistiam em propor tarefas aos sujeitos na forma de uma situação a ser resolvida. Além disso, desenvolvia-se um diálogo entre o entrevistador e o sujeito na tentativa de evidenciar o pensamento infantil. As tarefas compreendiam tanto situações de produção escrita como de interpretação do código alfabético. O método de indagação utilizado por Ferreiro e Teberosky foi inspirado no método clínico (ou método de exploração crítica), desenvolvido pela Escola de Genebra.

Antes de apresentarmos as principais conclusões de Ferreiro (1992, 1995) e Ferreiro & Teberosky (1989) sobre a evolução da escrita na criança, é importante conceituar o termo construtivismo para compreendermos a abrangência com que esse conceito será utilizado ao longo deste livro. Segundo Bregunci, construtivismo é uma concepção ou uma teoria que privilegia a noção de "construção" de conhecimento, efetuada mediante interações entre *sujeito* (aquele que conhece) e *objeto* (sua fonte de conhecimento) – buscando superar as concepções que focalizam apenas o empirismo [...] ou a pré-formação de estruturas [199(?), p. 15].

As teorias construtivistas que tiveram maior penetração no cenário educacional brasileiro foram as de Piaget e Ferreiro. O próprio Piaget, no famoso debate entre ele e Chomsky, documentado por Massimo Piattelli-Palmarini, se posiciona com relação a esse conceito. Assim, segundo Piaget,

> cinqüenta anos de experiências fizeram-nos saber que não existem conhecimentos resultantes de um registro simples de observações, sem uma estruturação devida às actividades do sujeito. Mas também não existem (no homem) estruturas cognitivas *a priori* [grifo do autor] ou inatas: só o funcionamento da inteligência é hereditário e só engendra estruturas por uma organização de acções sucessivas exercidas sobre objectos. Daqui resulta que uma epistemologia conforme os dados da psicogénese não poderia ser nem empirista nem pré-formista, mas consiste apenas num construtivismo, com a elaboração contínua de operações e de estruturas novas (Piaget, in Piattelli-Palmarini, 1987, p. 51).

Essa longa citação do texto enunciado por Piaget sobre a *Psicogênese dos conhecimentos e sua significação epistemológica* explica o significado do termo "construtivismo". De acordo com esse autor, a perspectiva construtivista permite focalizar a interação sujeito-objeto como elementos inseparáveis do processo de conhecimento. Na crítica ao empirismo, Piaget argumenta que

> ... nenhum conhecimento se deve apenas às percepções, porque elas são sempre dirigidas e enquadradas por esquemas de acções. O conhecimento procede, pois, da acção e toda a acção que se repita ou se generalize por aplicação a novos objectos engendra, por isso mesmo, um "esquema",

quer dizer, uma espécie de conceito práxico [...]. Por outro lado, quando os objectos são assimilados aos esquemas de acções, há obrigação de uma "acomodação" às particularidades destes objetos [...] e esta acomodação resulta, com efeito, de dados exteriores, logo, da experiência (idem, ibidem, 1987, pp. 51-2).

Assim, o construtivismo se distingue do empirismo por considerar que o conhecimento não é um processo que resulta da simples associação entre objetos. Ele é resultado, também, da atividade do sujeito, pois os objetos são enquadrados aos esquemas de ações desse sujeito.

A teoria de Ferreiro sobre o desenvolvimento da escrita na criança tem suas bases teóricas nos pressupostos piagetianos. Essa teoria foi responsável, segundo Bregunci, na década de 80, pela consolidação das "verdadeiras pontes entre o construtivismo para a prática pedagógica" [199(?), p. 11]. Desse modo, o termo construtivismo será usado, neste livro, para se referir especificamente aos estudos desenvolvidos por Ferreiro sobre o desenvolvimento da linguagem escrita nas crianças.

Segundo Duarte (1996), os estudos desenvolvidos por Vigotski e seus colaboradores (principalmente Luria e Leontiev) têm sido classificados como construtivistas. No entanto, de acordo com esse autor, apesar de esses estudos, assim como os de Piaget e Ferreiro, se contraporem ao empirismo e ao inatismo, essa contraposição não é critério para essa classificação. O que une as teorias denominadas construtivistas é o seu caráter biologizante, isto é, o postulado de que o desenvolvimento resulta de um processo ativo de adaptação ao meio físico e social.

Leontiev (1978) assinala que adaptação e assimilação são termos desprovidos de sentido quando se quer analisar o processo pelo qual o indivíduo toma para si os resultados do desenvolvimento histórico-social. Desse modo, a escola de Vigotski se contrapõe ao empirismo, ao inatismo e também às concepções biologizantes do processo de desenvolvimento humano, pois busca investigar os processos de formação da individualidade numa perspectiva histórica e social.

1. A gênese da escrita na criança: os estudos de Ferreiro sobre a evolução da escrita

Ferreiro (1995) resumiu as principais conclusões obtidas durante vários anos de investigação sobre a gênese da escrita nas crianças em um artigo intitulado "O desenvolvimento da alfabetização: psicogênese". Nesse artigo, a autora ressalta primeiramente alguns pontos básicos do quadro teórico que orienta suas investigações e as dos seus colaboradores. Desse modo, afirma que os resultados da pesquisa que vem desenvolvendo confirmam os princípios básicos da teoria de Piaget: "As crianças não são meros sujeitos aprendizes, mas são também sujeitos que sabem [...]. Para adquirir conhecimentos sobre o sistema de escrita, as crianças [...] tentam assimilar a informação proporcionada pelo meio" (1995, p. 23) e, dessa forma, interpretam essas informações de acordo com seus esquemas de ação.

Em seguida à explicitação do quadro teórico que orienta os estudos realizados sobre o desenvolvimento da escrita na criança, Ferreiro (1995) expõe as descobertas sobre os três níveis de evolução da escrita na criança. Segundo a pesquisadora, no começo do primeiro nível, as crianças buscam estabelecer diferenças entre duas formas de representação: desenho e escrita. Após uma série de explorações ativas, descobrem que a distinção entre desenho e escrita está na forma como as linhas são usadas para desenhar e escrever. Essa distinção conduz à descoberta de duas características básicas do sistema de escrita: a arbitrariedade e a linearidade.

Por sua vez, essas descobertas resultam em que as crianças passam a "considerar cadeias de letras como objetos substitutos e [...] fazer uma clara distinção entre dois modos de representação gráfica – o modo icônico (desenhar) e o modo não icônico (escrever)" (Ferreiro, 1995, p. 26). No momento seguinte, a criança tenta solucionar outro problema: "busca descobrir como o desenhar e o escrever [...] se relacionam um com o outro" (1995, p. 26). Esse problema é resolvido com o seguinte princípio de organização: "as letras são usadas para representar uma propriedade dos objetos do mundo [...], que o desenho é incapaz de reproduzir (por exemplo, os nomes)" (p. 26).

Após essa solução, a criança tenta descobrir quais são as condições para que uma escrita possa ser interpretável. Desse modo, estabelece uma quantidade de letras que considera necessária para que a escrita possa ser legível (no caso das crianças de língua espanhola são três letras) e estabelece, ainda, que é necessário que as letras sejam diferenciadas para que possam ser lidas. Esses dois fenômenos foram denominados, respectivamente, por Ferreiro, princípio de quantidade mínima e variações qualitativas internas, sendo considerados, pela pesquisadora, princípios reguladores do desenvolvimento da escrita nas crianças.

No segundo nível de evolução da escrita, as crianças adquirem um "controle progressivo sobre as variações qualitativas e quantitativas" (Ferreiro, 1995, p. 28). Isso significa que percebem que uma mesma seqüência de letras não pode se referir a nomes diferentes. Desse modo, as crianças trabalham também com critérios de quantidade e qualidade para grafar nomes diferentes.

No terceiro nível, inicia-se o processo de fonetização da escrita. As letras que são grafadas passam a se relacionar a determinados segmentos sonoros. Esse nível se caracteriza pela construção de três hipóteses: silábica, silábico-alfabética e alfabética.

A hipótese silábica mostra que a criança encontra uma solução satisfatória para o controle da quantidade de letras que deverá registrar para escrever uma palavra. Do ponto de vista qualitativo, "as crianças podem passar a procurar letras semelhantes para escrever 'sons' semelhantes das palavras" (Ferreiro, 1995, p. 30). Nesse subnível, a criança usa uma letra para representar uma sílaba e a letra usada poderá, ou não, ser uma letra convencional. De acordo com Ferreiro,

> a hipótese silábica representa a primeira tentativa de lidar com um problema geral e muito importante – a relação entre o todo (uma cadeia escrita) e as partes constitutivas (as próprias letras). As partes ordenadas da palavra oral – suas sílabas – são postas numa correspondência, termo a termo, com as partes ordenadas da cadeia escrita – suas letras (p. 32).

A hipótese silábico-alfabética representa mais um avanço rumo à concepção alfabética. As crianças passam a usar, ao mesmo tempo, letras para representar sílabas e letras para representar fonemas. Essa é uma hipótese intermediária e, por isso, contém elementos da hipótese que a precede e da que a sucede. De acordo com Ferreiro & Teberosky,

> *a criança abandona a hipótese silábica e descobre a necessidade de fazer uma análise que vá "mais além" da sílaba pelo conflito entre a hipótese silábica e a exigência de quantidade mínima de grafias* (ambas exigências puramente internas, no sentido de serem hipóteses originais da criança) *e o conflito entre as formas gráficas que o meio lhe propõe e a leitura dessas formas em termos de hipótese silábica* (conflito entre uma exigência interna e uma realidade exterior ao próprio sujeito) [*grifos da autora*] (1989, pp. 196 e 209).

Na hipótese alfabética, as crianças passam a compreender que as letras representam as menores unidades da linguagem oral (os fonemas) e que, para diferentes sons, existem letras também diferentes.

É inquestionável, conforme afirma Carraher, a contribuição desses estudos para os alfabetizadores, "na tarefa de compreender as produções das crianças e saber respeitá-las como construções genuínas, indicadores de progresso, e não como erros absurdos" (1990, p. 28). No entanto, alguns pesquisadores têm enunciado várias lacunas nessa teoria (Smolka, 1989; Carraher, 1990; Silva, 1993).

Não é objetivo deste livro discutir todas as possíveis lacunas do construtivismo como teoria que objetivou explicar os processos de aprendizagem da leitura e da escrita na criança. Vamos nos limitar a alguns dos posicionamentos dos autores indispensáveis à fundamentação da pesquisa realizada.

Smolka (1989) assinala que Ferreiro e Teberosky, ao analisarem a passagem do desenho, representando objetos, como uma das primeiras formas de escrita que aparece nas produções infantis, para a escrita de letras, representando sons da fala, não dão importância à dimensão discursiva da escrita, pois as tarefas realizadas pelas crianças, em situações experimentais, consistiam basicamente em escrita e interpretação de palavras. Dessa forma, os resultados obtidos, quanto aos níveis de evolução da escrita na criança, somente são válidos com relação à análise de palavras. Se as crianças forem solicitadas a escrever um texto, é possível verificar que elas retrocedem no nível de escrita.

Carraher, ao discutir as lacunas do *construtivismo como teoria psicológica da leitura e da escrita*, também assinala que uma das dificuldades dessa concepção está "na observação de que numa mesma criança podem coexistir indícios de diferentes concepções da língua escrita" (1990, p. 25).

Segundo Smolka (1989), Ferreiro e Palácio reconhecem existir uma *defasagem* no nível de escrita, quando as crianças são solicitadas a escrever frases e textos. Assim, se, para escrever palavras, uma criança usa uma letra para representar cada sílaba, na escrita de frases ou textos, poderá regredir para a escrita pré-silábica, ou seja, poderá grafar as letras sem fazer relação com essas unidades silábicas. Smolka diz que Ferreiro e Palácio argumentam que "a maior quantidade de sílabas com as quais as crianças têm que trabalhar" pode levar a essa defasagem (apud Smolka, 1989, p. 68).

Sem dúvida, Smolka (1989) considera que a análise necessária para grafar orações é bem mais complexa e envolve, por isso, maiores dificuldades do que a escrita de palavras. No entanto, considera ainda que essa explicação não parece ser suficiente, principalmente se essa *defasagem* não ocorrer apenas com crianças que estejam em níveis menos avançados do desenvolvimento, mas ocorrer, também, com aquelas que já possuem o domínio do caráter alfabético da escrita, retrocedendo igualmente para um nível menos avançado, quando solicitadas a escrever textos. Além disso, para a autora,

a alfabetização implica, desde a sua gênese, a constituição do sentido. Desse modo, implica, mais profundamente, uma *forma de interação com o outro pelo trabalho* [*grifos da autora*] de escritura – para quem eu escrevo, o que escrevo e por quê? A criança pode escrever, para si mesma, palavras soltas, tipo lista, para não esquecer; tipo repertório, para organizar o que já sabe. Pode escrever, ou tentar escrever, um texto, mesmo fragmentado, para registrar, narrar, dizer... Mas essa escrita precisa ser sempre permeada por um sentido, por um desejo, e implica ou pressupõe sempre um interlocutor (1989, p. 69).

Com relação à coexistência de diferentes concepções da língua escrita numa mesma criança, Ferreiro (1995) admite que, durante a transição da hipótese silábica para a hipótese alfabética, a escrita infantil revela traços de ambas as hipóteses.

É necessário apontar ainda que, ao explicar os processos de desenvolvimento da escrita na criança, Ferreiro negligencia o caráter mediado das atividades cognitivas que se formam nas crianças durante o desenvolvimento da leitura e da escrita. Nesse sentido, Ferreiro & Teberosky (1989) têm destacado que as crianças iniciam o aprendizado da leitura e da escrita muito antes de entrarem na escola e que a evolução desse aprendizado passa por processos que vão além das práticas pedagógicas utilizadas pelos professores na tarefa de ensinar as crianças a ler e a escrever.

Luria, na década de 20, a partir de suas investigações sobre "O desenvolvimento da escrita na criança", concluiu, da mesma forma que Ferreiro & Teberosky, que "a história da escrita na criança começa muito antes da primeira vez em que o professor coloca um lápis em sua mão e lhe mostra como formar letras" (1988, p. 143), ou seja, quando a criança chega à escola, já trilhou um longo percurso de aprendizado. Contudo, diferentemente de Ferreiro, esse autor acredita que os processos que se formam nas crianças durante a fase pré-escolar (anteriores à inserção das crianças na escola) são mediados, ou seja, se desenvolvem a partir das relações com as pessoas que possuem o domínio da linguagem escrita.

É importante enfatizar que as investigações de Luria incidiram sobre os processos que precedem a aprendizagem escolar da leitura e da escrita ou, usando suas próprias palavras: *a pré-história da escrita*. Assim, esse autor se concentrou na investigação do desenvolvimento da escrita em crianças na fase pré-escolar, que usavam formas primárias, espontâneas de registro, enquanto Ferreiro e Teberosky trabalharam, inicialmente, com crianças que já estavam iniciando o processo de alfabetização escolar e, portanto, aprendendo a escrita socialmente constituída, sendo submetidas a um processo de ensino cujo método utilizado era o *misto* e expostas aos mesmos textos de iniciação à leitura.

2. A pré-história da escrita na criança: as investigações de Luria

As investigações de Luria o autorizaram a afirmar que as primeiras tentativas de escrita das crianças (rabiscos ou garatujas) não poderiam ser consideradas escritas, pois, para ele, "a escrita é uma dessas técnicas auxiliares usadas para fins psicológicos; a escrita constitui o uso funcional de linhas, pontos e outros signos para recordar, transmitir idéias e conceitos" (1988, p. 146). Os primeiros rabiscos produzidos pelas crianças não possibilitam que recordem um conteúdo específico, pois expressam apenas a tentativa de imitar a atividade de escrita dos adultos.

Esses primeiros rabiscos ou garatujas produzidos pela criança, nesse sentido, dizem respeito às formas externas da escrita, e a escrita é um conhecimento que não se reduz à sua *externalidade*. Pelo contrário, ela possui características, qualidades e, portanto, significados que não se limitam à imitação de alguns gestos e riscos. "A escrita é um meio para recordar, para representar algum significado" (Luria, 1988, p. 146). Luria denominou as primeiras escritas infantis *pré-escrita* ou escrita *pré-instrumental*, porque não auxiliavam a recordação dos significados que motivaram os registros.

Durante suas investigações, esse autor observou que algumas crianças, apesar de usarem sinais indiferenciados na sua forma externa, tinham uma relação completamente diferente com eles, pois os empregavam para lembrar os significados anotados. O modo como eram organizados os sinais sobre a folha de papel ajudava a criança a lembrar o conteúdo registrado.

> Assim, essa criança estava passando por um processo de criação de um sistema de auxílios técnicos da memória, semelhante à escrita dos povos primitivos. Em si mesmo, nenhum rabisco significava coisa alguma, mas sua posição, situação e relação com outros rabiscos conferiam-lhe a função de auxiliar técnico da memória (Luria, 1988, p. 157).

Entretanto, segundo Luria, esses sinais primários não podem ser chamados de um signo simbólico, pois nem sempre possibilitavam a recordação dos significados anotados. Eles apenas provocavam certos impulsos verbais que "necessariamente não conduzem a criança de volta à situação que ela havia 'registrado', apenas disparam certos processos de associação cujo conteúdo [...] pode ser determinado por condições completamente diferentes, que nada têm que ver com a sugestão dada" (p. 159).

Os fatores introduzidos no conteúdo das frases que deveriam ser escritas, que levaram a atividade gráfica a adquirir um conteúdo expressivo, observado por Luria durante seus experimentos, foram, inicialmente, os de número e forma. Explicando melhor, ao pedir às crianças para escreverem frases que expressassem uma certa quantidade e determinadas formas, elas procuravam retratar, por meio das grafias, esses elementos. E essas ajudavam as crianças a lembrar o que haviam registrado. Assim, inicia-se o período de escrita por imagens, denominado *fase pictográfica*. Conforme esse autor, "a fase pictográfica do desenvolvimento da escrita baseia-se na rica experiência dos desenhos infantis, os quais, em si mesmos, não precisam desempenhar a função de signos mediadores em qualquer processo intelectual" (p. 174). Mas, ao longo do desenvolvimento da escrita na criança, os desenhos adquirem a função de signo, pois auxiliam a recordação dos significados que motivaram os registros. Em síntese, Luria notou que as diferenciações nos registros, propiciadas pela introdução de determinados fatores no conteúdo das frases e palavras que eram escritas pelas crianças, possibilitaram a emergência da escrita expressiva, porque os símbolos usados para registrar as palavras e frases passaram a refletir os significados anotados; desse modo, levaram as crianças a estabelecer uma relação funcional com eles.

Os estudos realizados por Ferreiro buscaram compreender as tentativas das crianças de relacionar o oral e o escrito e como compreendem essa relação. A investigação de Luria "tem como questão central a compreensão de como a criança opera com signos" (Azenha, 1995, p. 64). Em outras palavras, como a criança utiliza sinais, marcas ou desenhos para recordar significados anotados. A questão que orienta as investigações de Luria tem origem na tradição filosófica marxista. Nessa perspectiva, a atividade criadora humana é mediada pelos signos e pelos instrumentos construídos pelo próprio homem. Ao mesmo tempo que os signos e os instrumentos concretizam a criação de uma outra natureza humana exterior ao homem, eles transformam o homem por meio da atividade apropriadora. Vigotski (1987) assinala que a invenção e o uso dos signos apresentam uma analogia com a invenção e o uso de instrumentos, pois ambos expressam o caráter mediado das relações humanas. Os signos nasceram da necessidade de os homens comunicarem-se com os seus parceiros e de intervirem sobre eles, e os instrumentos resultaram da ação do homem sobre a natureza. Desse modo, signos e instrumentos são mediadores das relações construídas pelos próprios homens para garantir a continuidade da história e a reprodução da espécie. No entanto, o autor assinala que a analogia entre o signo e o instrumento não deve levar à identificação desses conceitos, pois eles diferem quanto à orientação: o instrumento é um diretor da atividade externa do homem e, por isso, está dirigido para o domínio da natureza, enquanto o signo é um meio de intervenção sobre si mesmo e sobre as outras pessoas e, dessa forma, está dirigido para a atividade interna.

É importante ainda completar que as relações entre a linguagem interior, fala e escrita são complexas e não se desenvolvem separadamente. Segundo Vigotski,

> a fala interior é uma fala condensada e abreviada. A escrita é desenvolvida em toda a sua plenitude, é mais completa do que a fala oral [...]. A passagem da fala interior, extremamente compacta, para a fala oral, extremamente detalhada, exige o que se poderia chamar de semântica deliberada – a estruturação intencional da teia do significado (1989b, p. 86).

A linguagem escrita não envolve, assim, apenas o ato de grafar sons da fala oral, mas expressa e materializa significados. De acordo com Vigotski, o significado das palavras é uma unidade do pensamento e da linguagem que não admite decomposição. "Uma palavra carente de significado não é uma palavra, é um som vazio. Por conseguinte, o significado é a característica necessária, constitutiva da própria palavra. O significado é a própria palavra vista no seu aspecto interno" (1993, p. 289). Desse modo, não existe palavra falada ou escrita sem significado.

De acordo com Azenha (1995), as investigações de Luria e Ferreiro são complementares, porque abordam diferentes faces da linguagem escrita. No entanto, discordamos dessa observação, uma vez que a linguagem escrita está intrinsecamente associada a fenômenos extralingüísticos e os elementos que formam essa unidade não podem ser decompostos. Acreditamos que o estudo de como as crianças compreendem as relações entre o oral e o escrito isoladamente esconde aspectos importantes do desenvolvimento da escrita na criança, por exemplo, como a fala regula a atividade de escrita.

Antes de concluirmos este item, é importante nos posicionarmos acerca do debate que se iniciou na década de 90 sobre os estudos realizados por Ferreiro & Teberosky (1989) e Luria (1988) sobre o desenvolvimento da escrita na criança. Consideramos que esse debate tem se prolongado para além do que seria realmente necessário, e o que tem propiciado o alargamento dessa discussão é a falta de pesquisas empíricas orientadas por bases teóricas eminentemente histórico-culturais.

Rocco (1990) procedeu a uma análise comparativa entre os referidos estudos, enfatizando, principalmente, as diferenças e aproximações entre os níveis de evolução da escrita propostos por Ferreiro e os níveis ou estágios observados por Luria em crianças pré-escolares. Essa comparação nos parece complicada, tendo em vista que os processos de fonetização da escrita, ponto central do trabalho de Ferreiro, jamais chegaram a ser enfocados no trabalho de Luria. Os processos anteriores a esses, na obra de Ferreiro, são focalizados também a partir do momento em que as crianças começam a usar letras para escrever, enquanto Luria dirige o seu estudo para a observação de como as crianças pré-escolares usam linhas, rabiscos e desenhos para recordar um conteúdo.

Ferreiro (1996) se posicionou em relação aos textos produzidos, no Brasil, por Rocco (1990) e Setúbal (1993) acerca das aproximações e diferenças dos estudos desenvolvidos por ela e Luria. Ferreiro argumenta que as comparações efetuadas por essas autoras residem "na consideração da quantidade de níveis evolutivos distinguidos e no modo de distingui-los [...]. Entretanto [...], o mais importante a ser comparado não reside ali", pois, segundo Ferreiro (1996), as comparações feitas por Rocco e Setúbal são óbvias. Contudo, não consideramos que essas comparações sejam óbvias, mas difíceis de ser realizadas, tendo em vista os períodos de desenvolvimento analisados por Luria e Ferreiro, as questões subjacentes e as concepções teóricas e metodológicas que orientaram ambos os estudos.

Ainda no texto redigido por Ferreiro (1996), encontramos críticas ao trabalho de Luria. Tais críticas depreciam o valor do trabalho, principalmente, quando se referem à *falta de capricho* do relatório de pesquisa elaborado por Luria em 1929. Isso, em hipótese alguma, diminui o valor do trabalho desenvolvido por esse pesquisador, produzido em época muito anterior à de Ferreiro e, por isso, muito mais inovador.

Outros aspectos referidos por Ferreiro, nesse texto, dizem respeito à idéia de *substituição*. Para essa autora, Luria considera que o início da escolarização marca uma ruptura entre as formas primitivas de registro e as ensinadas na escola. Não sabemos se o termo usado nas traduções do texto de Luria corresponde ao empregado no trabalho original. Em outro texto, Ferreiro (1996), ao explicar os processos que levam ao desenvolvimento das formas culturais na criança, usa o termo *superação*. O termo superação significa na língua portuguesa *ato ou efeito de superar*. Superar, por sua vez, significa *vencer, destruir, dominar*. Vigotski (1987) recorda que o significado dessa expressão em alemão é, em primeiro lugar, *eliminar, negar*, mas ela significa também *conservar*. Dessa forma, o termo superação tem sentidos contraditórios. Com base nos sentidos que lhe são atribuídos no alemão, é possível dizer que os processos elementares e as leis que os regem permanecem nas formas culturais.

A análise elaborada por Vigotski sobre o desenvolvimento dos conceitos científicos na criança demonstra que as aprendizagens cotidianas estão integradas ao que é ensinado na escola e fornece as bases para o desenvolvimento dos conceitos científicos. Assim,

> ... os conceitos espontâneos e científicos desenvolvem-se inicialmente em direções contrárias, mas terminam por encontrar-se, permitindo o enraizamento dos conceitos científicos na experiência e estruturação dos conceitos espontâneos em sistemas. Essa abordagem não-linear, descontínua, está plenamente de acordo com as raízes teórico-metodológicas da abordagem de Vigotski: ruptura, contradição e síntese dialética estão na base do pensamento marxista que orientou a produção vigotskiana [e de seus colaboradores] (Oliveira, 1996, p. 77).

Vigotski, ao analisar as teorias sobre o desenvolvimento dos conceitos científicos na criança, observou que Piaget "estabelece uma nítida fronteira entre as idéias da criança acerca da realidade, desenvolvida principalmente mediante seus esforços mentais, e aquelas que foram decisivamente influenciadas pelos adultos" (1989b, p. 73). Apesar de Piaget admitir a existência de conceitos científicos, considera, conforme assinala Vigotski, que apenas os conceitos espontâneos podem esclarecer características peculiares do pensamento infantil. Sendo assim, Vigotski critica as idéias de Piaget por considerar que "ele não consegue ver a interação entre os dois tipos de conceitos e os elos que os unem num sistema total de conceitos, durante o desenvolvimento intelectual das crianças" (1989b, p. 73).

Desse modo, os conceitos científicos aprendidos na escola, segundo Vigotski,

> fornecem estruturas para o desenvolvimento ascendente dos conceitos espontâneos da criança em relação à consciência e ao uso deliberado. Os conceitos científicos desenvolvem-se para baixo por meio dos conceitos espontâneos; os conceitos espontâneos desenvolvem-se para cima por meio dos conceitos científicos (1989b, p. 94).

Sendo assim, a aprendizagem de conceitos científicos, na teoria de Luria, não implica que esses conceitos se coloquem no lugar daqueles espontâneos. Entretanto, somente os conceitos científicos podem levar a criança à tomada de consciência e ao uso deliberado de suas próprias operações mentais.

Para Ferreiro (1996), a escrita é um *objeto em-si*. Contudo, sabemos que ela é um objeto social que concretiza e cristaliza práticas sociais humanas e, por isso, de natureza humana. Assim sendo, a relação com esse objeto não produz na criança uma atividade adequada quanto a esse conhecimento. A apropriação da atividade adequada em relação à escrita só é possível por intermédio da relação que as crianças estabelecem com outras pessoas.

A partir do exposto neste capítulo, é possível constatar que três linhas teóricas têm subsidiado os estudos sobre a alfabetização de crianças ou, mais especificamente, sobre como a criança aprende a ler e a escrever, ou, ainda, usando a terminologia de Soares (1991), os estudos sobre a conceitualização da linguagem escrita pelas crianças. Assim, os estudos nesta área têm se apoiado numa visão associacionista de aprendizagem, numa concepção psicogenética e numa concepção histórico-cultural. A partir da década de 80, pode-se observar que há predominância de estudos orientados pela concepção psicogenética.

O estudo realizado se fundamenta numa concepção histórico-cultural da formação dos indivíduos. As contribuições dessa corrente psicológica têm sido discutidas sem que estudos empíricos tenham sido realizados para comprovar a pertinência dessa teoria para a compreensão do processo de apropriação da linguagem escrita. Assim, este livro é resultado de uma investigação cuja finalidade foi analisar o processo de apropriação da linguagem escrita pelas crianças, contrapondo-se à visão de que a ocorrência de estágios e níveis de evolução da escrita na criança explica por si só o fenômeno da alfabetização, independentemente do contexto sócio-histórico-cultural em que ocorre essa apropriação.

Capítulo 2   Sobre a abordagem teórico-metodológica

A partir do que foi discutido, é possível concluir que a teoria de Ferreiro & Teberosky (1989), mesmo tendo representado um avanço nessa área, uma vez que se contrapõe à visão tradicional de alfabetização, possui lacunas.

Os estudos de Luria, realizados na década de 20 com crianças pré-escolares, visavam construir uma teoria que explicasse a pré-história da escrita nas crianças, isto é, a emergência de uma escrita que servisse de apoio a funções intelectuais. Toda a análise que Luria realizou dos dados obtidos em situações experimentais o fez concluir que "não é a compreensão que gera o ato, mas é muito mais o ato que produz a compreensão [...]. Antes que a criança tenha compreendido o sentido e o mecanismo da escrita, já efetuou inúmeras tentativas para elaborar métodos primitivos" (1988, p. 188) que lhe possibilitam usar sinais, marcas e desenhos como instrumentos para recordar um conteúdo.

Azenha, ao realizar uma análise dos trabalhos desenvolvidos por Luria (1988) e Ferreiro & Teberosky (1989) sobre o desenvolvimento da escrita na criança, observou que existem diferenças marcantes nas investigações desenvolvidas por esses autores. Essas diferenças, como foi analisado, dizem respeito à "concepção de linguagem escrita subjacente em cada uma das investigações e à forma como cada um dos teóricos postula o papel da linguagem no desenvolvimento cognitivo em geral em jogo com outras forças que contribuem para a organização cognitiva humana" (1995, p. 63).

Assim, com relação à concepção de linguagem escrita, o estudo de Ferreiro & Teberosky (1989) pretendeu analisar como as crianças relacionam sinais gráficos aos sons da fala, enquanto Luria pesquisou como a criança chega a utilizar sinais, marcas, etc. como um recurso auxiliar para a memória, isto é, como um símbolo.

A outra diferença fundamental entre esses estudos, apontada por Azenha (1995), se refere às teorias de desenvolvimento cognitivo subjacentes a ambos os estudos. Ferreiro & Teberosky, com base em pressupostos piagetianos, consideram que

> ... o conhecimento é muito mais tributário da direção e enquadramento dos objetos aos esquemas de ação do indivíduo. A constituição dos esquemas de assimilação engendrada pela generalização dos esquemas de ações e de sua aplicação a novos objetos é, no desenvolvimento cognitivo, o principal motor desse desenvolvimento (Azenha, 1995, pp. 21-2).

Luria, de acordo com essa autora, parte da concepção de Vigotski de que as funções psicológicas superiores "são construídas nas condições sociais da vida humana historicamente situadas" (p. 22). Assim, o indivíduo se apropria dos conhecimentos por meio da relação com outros homens.

Nesse sentido, partimos da mesma concepção de linguagem escrita e desenvolvimento cognitivo que subsidiam as investigações de Luria sobre a *pré-história da escrita nas crianças*. Portanto, consideramos que a linguagem escrita não é apenas um sistema de sinais gráficos que servem para registrar os sons da fala humana. Ela é, também, um conhecimento, construído ao longo do desenvolvimento histórico-social, que serve de apoio a funções intelectuais, além de ser mediadora entre os homens e entre os indivíduos e as esferas mais amplas de objetivação do gênero humano.

Dessa forma, se configuram as categorias que integram a perspectiva teórica que orientou a nossa investigação: a categoria de apropriação/objetivação, a de mediação e a de sentido/significado.

Antes de iniciar a discussão sobre a categoria de apropriação/objetivação, fundamentada principalmente no trabalho de Duarte (1993) e Leontiev (1978), é conveniente enfatizar por que não utilizamos as categorias de aquisição e aprendizagem, amplamente adotadas por estudiosos na área de alfabetização. Os processos subjacentes à alfabetização são interpretados pelas teorias tradicionais como a aquisição de uma habilidade que requer associação entre estímulos e respostas. "A leitura e a escrita são tratadas como uma aquisição de ler e escrever, com ênfase no componente grafofônico da língua, como um fim em si mesmas, circunscritas às quatro paredes da sala de aula" (Braggio, 1992, p. 11).

Por outro lado, os estudos de Ferreiro & Teberosky (1989) enfatizam que a *aprendizagem* da leitura e da escrita ocorre quando a criança estabelece uma ação sobre o objeto a ser conhecido (no caso, a escrita), pois a perspectiva psicogenética focaliza a interação entre a criança e a escrita.

A primeira categoria conduz à visão de que os indivíduos apreendem os objetos somente pela experiência, o que reduz o conhecimento à dimensão física, palpável e sensorial. A segunda categoria, aprendizagem, prioriza a atividade da criança sem contudo valorizar o papel do "outro" e, portanto, o papel da linguagem nesse processo.

Assim, o processo de alfabetização só poderá ser mais bem compreendido, se sua análise for feita à luz da categoria de apropriação que, remetida à leitura e à escrita, significa que a criança, ao se apropriar desse conhecimento, com a ajuda do "outro", toma para si um conhecimento humano, com características historicamente constituídas.

Segundo Leontiev, "apropriação é um processo que tem por resultado a *reprodução* pelo indivíduo de caracteres, faculdades e modos de comportamento humanos formados historicamente" [*grifo do autor*] (1978, p. 320). Desse modo, a apropriação é um processo que difere da adaptação biológica, pois, também de acordo com esse autor, a "adaptação biológica é um processo de *modificação* das faculdades e caracteres específicos do sujeito e do seu comportamento inato, modificação provocada pelas exigências do meio" [*grifo do autor*] (1978, p. 320).

Sendo assim, a criança se desenvolve a partir da apropriação do desenvolvimento das gerações humanas que a precederam. É por meio da apropriação, um processo sempre ativo, "que o indivíduo fica apto para exprimir em si a verdadeira natureza humana, estas propriedades e aptidões que constituem o produto do desenvolvimento sócio-histórico do homem" (Leontiev, 1978, p. 167).

Ainda conforme Leontiev (1978), o processo de apropriação só se torna possível porque os produtos do desenvolvimento sócio-histórico obtêm *uma forma material objetiva*. A escrita é um sistema de signos gráficos construído pelos homens para satisfazer necessidades específicas em um contexto histórico. A partir de sua construção/criação, novas situações, que exigiram o seu aprimoramento, foram sendo criadas. Assim, a forma material objetiva do sistema de escrita foi sendo modificada. Atualmente, a escrita constitui uma das principais formas de mediação entre os homens e entre o homem e a cultura.

Nesse sentido, os processos de apropriação estão em relação constante e dinâmica com os processos de objetivação. A escrita, que nos primórdios de sua criação tinha outras características, qualidades e propriedades, ao ser apropriada, foi sendo transformada, passando a ser portadora de novas funções sociais. A transformação/recriação dos produtos do desenvolvimento histórico só é possível graças aos processos de apropriação/objetivação. Assim, a apropriação das objetivações genéricas "gera, na atividade e na consciência do homem, novas necessidades, novas forças, faculdades e capacidades" (Duarte, 1993, p. 35). Isso significa que o conhecimento, resultado do desenvolvimento social e histórico, não se enquadra simplesmente aos esquemas de assimilação dos sujeitos. Os objetos sociais exigem, e é condição para a sua apropriação, que seja reconstruída a atividade adequada em relação a esses objetos, e essa atividade só é reconstruída se os indivíduos estão em *relação prática e verbal com outros homens*.

Assim, conforme Leontiev, o desenvolvimento individual é obra do processo de apropriação e do "processo inverso de objectivação das suas faculdades nos produtos objectivos da sua actividade" (1978, p. 68). Desse modo, o processo de apropriação/objetivação não pode ser confundido com os processos de adaptação. Esse autor se pronuncia com relação a esse conceito, afirmando o seguinte:

> A despeito das teses que a psicologia burguesa sustenta a propósito do desenvolvimento ontogénico humano, que ela considera como "uma adaptação ao meio", esta adaptação ao seu meio não constitui de modo algum o princípio do desenvolvimento do homem. Com efeito, o sucesso do seu desenvolvimento pode consistir, para um homem, não numa adaptação mas em sair dos limites do *seu* meio imediato que, no caso, constituiria simplesmente um obstáculo a uma expressão eventualmente mais completa da riqueza das suas propriedades e aptidões verdadeiramente humanas. O conceito de adaptação do homem ao meio social é, portanto, pelo menos, ambíguo tanto no plano social como no plano da ética [*grifo do autor*] (p. 172).

As objetivações são o resultado do desenvolvimento histórico-social. Os indivíduos, ao longo do seu desenvolvimento ontogenético, se apropriam das objetivações por intermédio da relação com outras pessoas e nelas se objetivam. Segundo Duarte (1993), Agnes Heller, ao se propor elaborar uma teoria geral das objetivações, especificou as objetivações genéricas em-si das objetivações genéricas para-si.

Assim, Heller define as objetivações genéricas:

> ... nem todo objetivar-se implica uma objetivação. Antes de mais nada as objetivações são sempre *genéricas* e encarnam distintos tipos de genericidade. Além disso, elas não são simplesmente conseqüências de ações exteriorizadas, objetivadas, mas sim *sistemas de referência* que, com relação às atividades do homem que se orientam para eles e os moldam, são *externos*. O homem singular deve, portanto, *apropriar-se delas* para que as objetivações sejam referentes a ele e ele as possa moldar. E se cada um pode delas se apropriar relativamente ao mesmo nível, nem todas as objetivações podem ser *formadas, moldadas* por ninguém ao mesmo nível. Aqui reside precisamente a diferença fundamental entre as objetivações genéricas em-si e as para-si [grifos do original] (apud Duarte, 1993, p. 134).

Segundo Duarte (1993), Agnes Heller utiliza as categorias de em-si e para-si como categorias relativas e tendenciais:

> São relativas porque tanto podem ser utilizadas tomando-se por referência a relação entre o homem e a natureza [...] quanto podem ser utilizadas considerando-se apenas o âmbito da prática social humana, na qual o ser-em-si caracteriza a genericidade que se efetiva sem que haja uma relação consciente dos homens para com ela e o ser-para-si caracteriza a ascensão dessa genericidade ao nível da relação consciente (p. 135).

Essas categorias são tendenciais, segundo esse autor, "no sentido de que expressam tendências e não estados puros". Ao se apropriar da linguagem, dos costumes e dos instrumentos, a criança está iniciando *um processo formativo em-si*. Por meio dessas apropriações, as crianças se inserem no gênero humano, e para tal ninguém pode prescindir dessas apropriações.

Entretanto, as objetivações genéricas em-si "não traduzem a relação dos homens com genericidade" (Duarte, p. 140). Assim, segundo Heller:

O para-si constitui a encarnação da *liberdade humana*. As objetivações genéricas para-si são expressão do grau de liberdade que o gênero alcançou em uma determinada época. São realidades nas quais está objetivado o domínio do gênero humano sobre a natureza e sobre si mesmo (sobre sua própria natureza) [*grifo do original*] (apud Duarte, 1993, p. 140).

A criança, ao entrar na escola, inicia formalmente processos de apropriação de objetivações genéricas para-si, ou seja, principia, dentre outros, o processo de apropriação da escrita e da leitura, que constitui objetivações genéricas para-si. No entanto, o contato com a escrita, na sua forma material objetiva, não garante por si só a apropriação desse conhecimento. Para que a criança possa dele se apropriar, é necessário que esteja em comunicação com outras pessoas. Essa comunicação é uma das condições essenciais para que as crianças se apropriem da atividade humana cristalizada na linguagem escrita.

Nesse sentido, o processo de formação do indivíduo, fundado na relação histórico-social entre apropriação e objetivação, supera a concepção do modelo de interação organismo-meio que pressupõe relação direta entre os indivíduos e o mundo das objetivações humanas historicamente constituídas. Em outras palavras, os processos de apropriação e objetivação são sempre mediados, além de a relação entre apropriação e objetivação ser mediadora entre os indivíduos e os conhecimentos.

A mediação "num sentido amplo é toda a intervenção de um terceiro elemento que possibilita a interação entre os 'termos' de uma relação" (Pino, 1991, p. 32). Com referência à linguagem escrita, pode-se afirmar que ela só será apropriada pelas crianças se outras pessoas servirem de elo mediador entre a escrita e a criança. As objetivações humanas não se apresentam aos objetivos, e, por isso, para que os indivíduos se apropriem do significado da linguagem escrita, é necessário que realizem uma atividade consciente em relação a esse conhecimento. Na realidade, os significados são construções sócio-históricas. Para que a criança se aproprie dos significados, é preciso que as outras pessoas que já adquiriram esse conhecimento atuem sobre ela no sentido de ajudá-la a se apropriar conscientemente da linguagem escrita. Em outras palavras, torna-se necessário que as crianças estejam inseridas "no interior de relações concretas com outros indivíduos, que atuam como mediadores entre [elas] e o mundo humano [escrita]" (Duarte, 1993, p. 47).

O contexto no qual está instalada a rede de relações que propicia o aprendizado da escrita é a sala de aula. Segundo Leontiev (1978), a "significação é a generalização da realidade que é cristalizada e fixada num vector sensível, ordinariamente a palavra ou a locução. É a forma ideal, espiritual da cristalização da experiência e das práticas sociais da humanidade". Desse modo, os significados fazem parte da realidade objetiva e mediatizam "o reflexo do mundo pelo homem na medida em que ele tem consciência deste, isto é, na medida em que o seu reflexo do mundo se apoia na experiência da prática social e a integra" (p. 95).

A estrutura da consciência é governada pela estrutura da atividade humana que, ao longo do desenvolvimento histórico-social, foi se tornando, juntamente com os instrumentos que medeiam essa atividade, cada vez mais complexa.

Assim, mesmo que as objetivações do gênero, o ser social do homem, sintetizem o desenvolvimento histórico-social, é por meio da linguagem que os indivíduos se apropriam da significação social dessas objetivações. De acordo com Leontiev, "a linguagem não desempenha apenas o papel de meio de comunicação entre os homens, ela tem um meio, uma forma de consciência e do pensamento humano, não destacado ainda da produção material" (1978, p. 97). A linguagem está ligada à forma como o homem produz a sua própria vida. O desenvolvimento do trabalho, dos instrumentos que medeiam a ação do homem sobre a natureza e o desenvolvimento das relações que se estabelecem durante o trabalho preparam a separação entre sentido e significado. "O sentido pessoal traduz a relação do sujeito com os fenômenos objectivos conscientizados." O sentido, desse modo, é uma *relação que se cria na vida*. Os homens, no interior de uma sociedade capitalista, isto é, no interior de um processo produtivo, no qual realizam ações que os fazem perder de vista a finalidade da tarefa realizada, possuem conhecimentos na medida do que é necessário ao processo de produção. O que significa que a atividade produtiva, numa sociedade capitalista, é sempre alienada.

Historicamente, foram atribuídos à alfabetização sentidos que estão desintegrados da sua significação social. Tais sentidos foram muitas vezes legitimados pelas teorias reprodutivistas. Eles são apropriados porque a linguagem *vector sensível* que generaliza a realidade pode exprimir conteúdos diversos e contraditórios. A consciência individual reflete os fenômenos que se materializam na linguagem e, desse modo, apropria-se de conteúdos ideológicos que expressam os interesses de uma classe que detém os meios de produção e os bens culturais.

A apropriação pelas crianças do significado social da escrita é que marca a diferença entre a perspectiva sócio-histórica e outras perspectivas. A perspectiva associacionista compreende a alfabetização como um processo mecânico de associação entre sons e letras. A aprendizagem, dessa forma, reduz-se à aquisição de habilidades mecânicas. O modelo interacionista de base piagetiana pressupõe que a aprendizagem da leitura e da escrita é um processo que se realiza pela relação entre a criança e a escrita. E, assim, a partir dessas interações, a criança constrói as hipóteses que irão conduzir ao domínio da escrita alfabética.

De acordo com Vigotski (1989b), a escrita tem duas funções muito importantes: a primeira é a função comunicativa, ou seja, a escrita serve como elemento de mediação entre alguém que fala e um interlocutor. Além disso, ela é mediadora entre os significados e os seus significantes, tendo, dessa forma, a função representativa. A escrita também representa e materializa a fala interior, e, nesse processo, a fala oral serve como elo intermediário entre a fala interior e a escrita. Para Vigotski,

> ... a escrita exige um trabalho consciente porque a sua relação com a fala interior é diferente da relação com a fala oral. Esta última precede a fala interior no decorrer do desenvolvimento, ao passo que a escrita segue a fala interior e pressupõe a sua existência (o ato de escrever implica uma tradução a partir da fala interior) (1989b, p. 85).

Quando as crianças fazem as suas primeiras tentativas de escrita, os sinais por elas produzidos "constituem símbolos de primeira ordem, denotando diretamente objetos ou ações..." (Vigotski, 1989b, p. 130). Elas evoluem quando compreendem que existem traços que representam os sons da fala no sentido em que Vigotski denominou o simbolismo de segunda ordem. No entanto, aos poucos, a criança passa a representar diretamente a fala interior, ou seja, "a escrita adquire o caráter de simbolismo direto (primeira ordem), passando a ser percebida da mesma forma que a linguagem falada" (Vigotski, 1989b, p. 130).

Assim, independentemente da abordagem teórica, é inegável que as crianças precisam compreender que a escrita representa os sons da fala. Entretanto, para Vigotski e Luria a linguagem possui um papel fundamental no processo de formação das funções intelectuais. Analisaremos, posteriormente, a importância da linguagem durante o processo de alfabetização.

Com base nos pressupostos anteriormente delineados, nos propomos, por meio das investigações realizadas, buscar respostas para as seguintes questões:

– Que relações podem ser estabelecidas entre o significado construído socialmente e historicamente à escrita e os sentidos veiculados sobre a escrita durante o processo de alfabetização escolar?
– Qual o papel do desenho durante o processo de desenvolvimento da leitura e da escrita nas crianças?

– Qual a origem dos princípios estabelecidos pelas crianças para a legibilidade da escrita?
– Como se dá o processo de apropriação das relações entre as letras e as unidades constituintes da linguagem oral?

Para elucidar as questões propostas, o tipo específico de abordagem qualitativa utilizado para as investigações pode ser caracterizado como estudo de caso. Segundo Soares, "os estudos de caso visam a abstrair de situações de alfabetização características gerais do processo de aquisição da língua escrita, aspectos recorrentes, princípios, regularidades" (1991, p. 111). Tendo em vista os objetivos deste estudo, planejamos *situações experimentais* que tiveram por propósito evidenciar os processos que se desenvolvem nas crianças durante a fase inicial de alfabetização escolar.

Tradicionalmente, os experimentos que tinham por objetivo estudar as funções psicológicas superiores baseavam-se no que foi denominado por Vigotski (1989a) *estrutura de estímulo-resposta*, ou seja, o estudioso, independentemente do processo psicológico a ser analisado, construía uma *situação-estímulo* que iria influenciar o sujeito a emitir determinadas respostas que seriam analisadas. Os psicólogos que realizaram estudos experimentais, baseando-se nessa estrutura, demonstraram a coerência desse tipo de metodologia "para o estudo dos processos elementares com características psicobiológicas" (Vigotski, 1989a, p. 69).

Dessa forma, a *estrutura estímulo-resposta* não pode servir de base para o estudo de formas especialmente humanas de comportamento e, portanto, não foi adequada para a organização das atividades planejadas para o nosso estudo, pois a apropriação da escrita é um processo essencialmente humano.

As atividades organizadas ao longo da realização do estudo visaram possibilitar que a criança, ao lidar com a linguagem escrita, evidenciasse as transformações e a dinâmica do processo de apropriação. Sabemos, assim como Vigotski, que o desenvolvimento cultural se realiza em dois planos: inicialmente, no plano interpsicológico (entre as pessoas) e, depois, no plano intrapsicológico (individual).

1. O contexto da pesquisa

A pesquisa foi realizada numa escola de ensino fundamental pertencente à rede municipal de ensino de Vitória (ES). A escola funcionava com dois turnos regulares, atendia a 720 alunos e possuía turmas de Bloco Único[1] à 8.ª série em ambos os turnos. O prédio da escola tinha dez salas de aula, biblioteca, laboratório, salas de coordenação, direção, supervisão, orientação educacional e de professores, almoxarifado, sala de jogos, refeitório, cantina, auditório, pátio e quadra de esportes.

O corpo técnico da escola era composto por quatro pedagogos e dois coordenadores por turno, uma diretora, além dos professores que atuavam nas classes de Bloco Único à 8.ª série.

A rotina escolar iniciava-se às sete horas, ao se tocar um sinal que soava fortemente pela escola. Os alunos organizavam-se em filas e, uma vez por semana, cantavam o Hino Nacional Brasileiro. Depois de formados, os alunos eram encaminhados às salas de aula pelos professores, que, muitas vezes, tardavam em chegar.

Escolhemos para participar da pesquisa os alunos de uma das classes iniciantes do Bloco Único. A sala onde as crianças estudavam ficava no andar superior do prédio. Era ampla, com dois ventiladores, quadro, mural, armário e materiais escolares de uso comum (livros infantis, lápis de cor, jogos, réguas, etc.).

---

1. O Projeto Bloco Único, implantado na rede municipal de ensino de Vitória no ano de 1991, previa um período de dois ou três anos para a alfabetização de crianças. Desse modo, foi abolida a seriação nos anos iniciais de escolarização.

A professora procurava conduzir o processo de alfabetização, desenvolvendo atividades de produção de textos e escrita de sílabas que eram apresentadas de acordo com a ordem alfabética. Após trabalhar as sílabas, as crianças escreviam palavras iniciadas com as sílabas estudadas, copiavam, escreviam os nomes dos desenhos, etc. Havia, ainda, o momento da "roda", da história, da música, das brincadeiras e uma série de atividades que sempre agradava às crianças.

2. Os alunos da classe do Bloco Único

Participaram da pesquisa 34 crianças que estavam iniciando o processo de alfabetização na classe do Bloco Único. A idade dos sujeitos variava entre sete e dez anos, sendo que 24 crianças (70,59%) tinham sete anos e dez crianças (30%) tinham idade superior a oito anos. Desse modo, as informações coletadas mostraram que a implantação do Bloco Único na rede municipal de ensino não inibiu a retenção das crianças nas classes iniciantes do Bloco Único.

Um dos principais objetivos do Projeto Bloco Único, na rede municipal, foi minimizar os altos índices de repetência na primeira série do ensino fundamental. Entretanto, várias condições previstas no projeto preliminar para implementação do projeto jamais chegaram a ser garantidas, e outras, mesmo garantidas, não possibilitaram a realização de um trabalho pedagógico de qualidade no interior das escolas.

Dessa forma, as crianças continuaram sendo retidas e, portanto, penalizadas por um sistema que cerceia o desenvolvimento, principalmente das crianças que pertencem às camadas mais pobres da população. A falta de continuidade das políticas públicas, a inexistência de projetos para a educação, que tenham por objetivo a formação da individualidade livre e universal, são os principais responsáveis pelo fracasso das crianças na escola pública.

Todas as crianças participantes da pesquisa cursaram classes de educação infantil, sendo que 27 delas (81,82%) fizeram pré-escola na rede pública estadual, cinco crianças (15,15%) na rede pública municipal e uma (3,03%) na rede particular de ensino. É importante observar que apenas a criança que cursou pré-escola na rede particular possuía, no início do ano escolar, o domínio do caráter alfabético da escrita. As demais crianças usavam letras para escrever, mas não tinham esse domínio.

As famílias das crianças envolvidas no estudo eram numerosas e a renda da maioria dessas famílias variava entre um e dois salários mínimos. Assim, as crianças envolvidas no trabalho de pesquisa eram oriundas de camadas pobres da população, residentes na periferia urbana do município de Vitória (ES). O acesso à cultura e aos bens materiais era limitado, tendo em vista o baixo poder aquisitivo dos seus pais.

Capítulo 3 **Os sentidos da alfabetização**

Ao iniciarmos o estudo sobre a apropriação da linguagem escrita nas crianças da classe de Bloco Único, nossa hipótese era a de que os sentidos atribuídos pelos sujeitos à alfabetização estavam dissociados de seu significado social e, também, de que a escola reforçava essa dissociação, veiculando sentidos que também estão desintegrados do sistema de significação social da escrita.

Baseando-nos nos conceitos desenvolvidos pela psicologia soviética, entendemos por significação "aquilo que num objecto ou fenómeno se descobre objectivamente num sistema de ligações, de interacções e de relações objectivas" (Leontiev, 1978, p. 94). Ou, melhor dizendo, aquilo que se formou a partir da ação humana e no interior de relações sociais e de produção que possibilitaram aos homens produzirem a sua própria existência. A linguagem, segundo o autor, é a atividade humana que confere estabilidade à significação, pois é nela que é fixada.

Dessa forma, a significação "reflete a realidade independentemente da relação individual ou pessoal do homem a esta" (Leontiev, 1978, p. 96). Assim, o homem se apropria das significações já construídas historicamente, e o que essas significações, uma vez apropriadas, se tornam para cada indivíduo irá depender *do sentido subjetivo e pessoal* que terá para cada indivíduo.

Segundo Leontiev (1978), o conceito de sentido foi estudado por diversos autores representantes da psicologia burguesa (Muller, Binet, Van der Weldt) e representantes da psicologia contemporânea (Paulhan, Titchener, Bartlett). As opiniões desses autores divergiam quanto ao conceito de sentido, mas seus estudos tinham um ponto em comum: todos eles tomam os fenômenos pertencentes à esfera da consciência como ponto de partida para sua análise e, por isso, permanecem encerrados nessa esfera.

Na perspectiva histórico-cultural, o estudo da consciência parte "da análise dos fenómenos da vida, característicos da interacção real que existe entre o sujeito real e o mundo que o cerca, em toda a objectividade e independentemente das suas relações, ligações e propriedades" (Leontiev, 1978, pp. 96-7). Desse modo, o sentido é uma relação que se cria na ontogênese humana, nas atividades realizadas pelos homens, sendo produzido "pela relação objectiva que se reflete no cérebro do homem, entre aquilo que o incita a agir e aquilo para o qual a sua acção se orienta como resultado imediato", isto é, traduz a relação do motivo ao fim. Então, para que se encontre o sentido pessoal que uma significação tem para os indivíduos, é necessário que se descubra o que motiva a ação.

É importante ressaltar que não utilizamos o termo motivo, assim como assinala Leontiev, "para designar o sentimento de uma necessidade; ele designa aquilo em que a necessidade se concretiza de objectivo nas condições consideradas e para as quais a actividade se orienta" (1978, p. 97).

A lingüística e a psicologia clássica consideravam que sentido e significado eram indissociáveis e, por isso, utilizavam esses dois conceitos indistintamente. Entretanto, segundo Leontiev, eles estão ligados um ao outro pelo fato de o sentido se exprimir na significação. A distinção entre sentido e significado concerne apenas àquilo a que está orientada a atividade e, portanto, "o sentido pessoal traduz precisamente a relação do sujeito com os fenómenos objectivos conscientizados" (1978, p. 98).

O sistema de escrita é um conhecimento historicamente constituído a partir da ação humana. Dessa forma, o seu domínio pelas crianças envolve a apropriação de um conhecimento universal e, portanto, necessário à formação da humanidade. Desse modo, *a alfabetização é um processo de inserção da criança no universo da genericidade, ou seja, é o processo pelo qual os indivíduos tomam para si o resultado do desenvolvimento histórico-social (linguagem escrita), a fim de desenvolver as possibilidades máximas da humanidade, quais sejam, da universalidade e liberdade do homem.*

No início da pesquisa, buscamos analisar os sentidos veiculados sobre a alfabetização, tendo em vista as opiniões das crianças, dos pais e dos responsáveis por elas. Para tanto, perguntamos aos sujeitos, durante uma entrevista, se consideravam a aprendizagem da leitura e da escrita importante e por quê. Com essas perguntas, buscávamos identificar os sentidos atribuídos por esses sujeitos ao aprendizado da leitura e da escrita e também compreender a relação entre os sentidos atribuídos e a significação social dessa aprendizagem. Um número de 59 sujeitos foi envolvido na entrevista, sendo que 30 eram crianças e 29, adultos (pais e responsáveis pelas crianças).

Concluímos, a partir das respostas obtidas ao primeiro questionamento, que os pais e as crianças concordavam quanto à importância de aprender a ler e a escrever. Alguns pais chegaram mesmo a achar estranha a pergunta. Isso, no primeiro momento, parecia demonstrar que os nossos sujeitos expressaram sentidos, por meio da resposta emitida à primeira pergunta sobre a importância da alfabetização, que estão refletidos no sistema de significação desse aprendizado, como algo necessário e importante para a formação consciente dos indivíduos. Contudo, ao aprofundarmos nossa análise quanto a por que consideravam importante aprender a ler e a escrever, os sujeitos enunciaram respostas que denotaram que os sentidos atribuídos estão associados a significações de caráter ideológico. Assim, consideravam que a aprendizagem da leitura e da escrita era importante: 1) como meio que possibilitará a realização das atividades escolares; 2) com a finalidade de se tornarem trabalhadores; 3) com a finalidade de mobilidade social; 4) como meio que possibilitará a solução de atividades cotidianas.

As respostas enunciadas pelos adultos estão sintetizadas nos três últimos itens. Portanto, nenhuma das respostas dos adultos está ligada ao primeiro item que sintetiza respostas enunciadas somente pelas crianças.

É importante ressaltar que, das 30 crianças que entrevistamos, quatro se limitaram a responder "porque sim", ao serem questionadas sobre por que consideravam importante aprender a ler e a escrever.

1. A alfabetização possibilitará a realização das tarefas escolares

De acordo com as crianças, a aprendizagem da leitura e da escrita é importante:

"Porque dá pra nóis aprender e passar pra outra série."
(Renato)
"Porque na hora que chegar na outra sala eu já sei ler."
(Samila)
"Vou poder fazer meu nome todinho, completo, o alfabeto todo, o nome da escola e poder ler o dever do quadro." (Larissa)
"Vou poder ler... letras com 'a', 'b'." (Lorrainy)
"É importante porque é melhor pra estudar, pra olhar as letras." (Erik)
"Quando eu aprender a ler eu vou... eu vou ter nove anos e aí eu vou passar para a segunda série." (Iolanda)
"Pra ler na escola... pra aprender fazer os deveres difíceis que a tia passa. E ler os deveres difíceis... Pra escrever os deveres que a tia manda." (Dorcas)

As explicações das crianças expressam sentidos que, em nossa opinião, são veiculados pela própria escola e que estão dissociados do sistema de significação social da escrita. Desse modo, as ações necessárias para a concretização de um fim mais amplo (apropriação da leitura e da escrita) transformam-se, contraditoriamente, em fins. "Escrever o alfabeto, fazer os deveres que a professora manda" constituem ações que só poderão ser realizadas se as crianças aprenderem a ler e a escrever. Isso nos parece absolutamente inadequado, uma vez que o meio se transforma em fim, pois, na opinião dos sujeitos, aprender a ler e a escrever possibilitará a realização das atividades planejadas pela escola e não o contrário: as atividades realizadas na escola deveriam ter por finalidade a apropriação da leitura e da escrita.

Dessa forma, podemos dizer que a alfabetização, como um processo pedagógico de apropriação e objetivação da escrita, esta tomada como produto histórico da atividade social, se torna, na escola, para as crianças, um processo alienado e alienador.

A alienação, segundo Duarte,

> ... não tem origem na consciência, não resulta do fato de que essa consciência tenha se objetivado nos produtos históricos da atividade social, mas sim do fato de que essas forças essenciais objetivas tornem-se alienadas e alienadoras em determinadas condições históricas, e façam dos indivíduos homens alienados perante as objetivações do gênero humano (1993, p. 72).

Desse modo, a alienação é decorrente do fato de que a alfabetização se transforma, no contexto escolar, na aquisição de um meio ou técnica necessária à resolução de tarefas elaboradas pela própria escola, ocultando que a alfabetização é um processo fundamental na formação dos indivíduos.

Para que a alfabetização não se torne um processo que aliena as crianças, seria necessário que elas próprias se objetivassem nos conhecimentos aprendidos na sala de aula e também os reconhecessem como um produto da atividade social de outros homens.

Segundo Duarte, "o fato de o homem ter uma atividade consciente é que possibilita que a atividade se torne alienada, isto é, que ela deixe de ser o que caracteriza a especificidade do ser humano, para se transformar, para o indivíduo, em simples meio de sua existência física" (1993, p. 84). A atividade consciente nasceu do desenvolvimento e da conseqüente complexificação das atividades produtivas humanas (teórica e prática). Isso significa que

... a complexificação da produção e a extensão consecutiva dos conhecimentos positivos sobre a natureza acarretam forçosamente o desenvolvimento e a indiferenciação das significações. Esta precisão faz com que as significações reflictam cada vez mais as relações objectivas entre objectos, relações as quais são submetidos os meios e processos técnicos – socialmente elaborados – da actividade humana (Leontiev, 1978, p. 106).

Assim, coincidentemente com esse processo, as relações sociais e, portanto, a atividade humana cristalizada nos objetos sociais escapam das significações, sendo refletidas de forma parcial nos sentidos. Dessa forma, ao se apropriarem das ações necessárias à consecução de uma atividade, estas não mostram em si as ligações com a sua significação e, portanto, com os objetivos da atividade. As ligações entre o motivo e o objetivo de uma ação não ocorrem naturalmente, mas são o resultado de *ligações objetivas sociais*. Desse modo, a atividade consciente se constrói no seio de uma atividade coletiva e só assim, segundo Leontiev (1978), pode adquirir um *sentido humano racional*. Entretanto, é também no interior das relações sociais que a atividade pode se tornar alienada.

A partir dos sentidos atribuídos pelas crianças à aprendizagem da leitura e da escrita, podemos concluir que a escola tem contribuído para que se acentue a dissociação entre o sentido e o significado da alfabetização, possibilitando a alienação dessa atividade. As crianças não estão vivenciando situações de aprendizagem que possibilitam a construção da significação social da escrita, pois a alfabetização se transformou em meio para a realização das atividades escolares.

2. A aprendizagem da leitura e da escrita tem como finalidade o trabalho

Vejamos as respostas que se seguem:

"Quando eu aprender, eu vou poder trabalhar e depois eu volto a estudar de novo. Meu pai falou comigo que quem não aprende não pode trabalhar, porque, no serviço dele, não pode. Só lendo e escrevendo." (Renato – o pai é carpinteiro e trabalha na construção civil)
"Pra trabalhar, quando crescer. Quando crescer vou ser médica." (Ursula)
"Pra trabalhar, escrever. Escrever como se fosse o dono de um carro, escrever aqueles negócios... aquilo... aquilo... pra quando o outro for trabalhar." (Stevão – seu pai é motorista de caminhão – se refere aos registros que o motorista deixa no caminhão sobre a trajetória percorrida, entregas realizadas, etc.)
"Pra gente ficar grande, ir crescendo e pra gente trabalhar." (Patrick)

As significações, segundo Leontiev, "não têm existência fora dos cérebros concretos; não existe qualquer reino de significações independente e comparável ao mundo platónico das ideias". Desse modo, as significações pertencem ao mundo dos "fenómenos objectivamente históricos" (1978, p. 95). Mas as significações também existem na consciência individual, e o homem, como ser sócio-histórico, internaliza as representações e experiências construídas por outros homens, tornando-as suas. O fato de elas existirem na consciência individual não as torna individuais, mas é dessa forma que, segundo Leontiev (1978), se estabelece *a relação entre o singular, o individual e o geral.*

Assim, as enunciações das crianças demonstram que os sentidos nelas manifestos se constituem a partir do território social, ou seja, na rede de relações que se estabelece nas atividades cotidianas. Elas indicam, então, como assinala Bakhtin (1992), que a expressão exterior do discurso interior não pertence somente àquele que fala. As falas das crianças são habitadas por outras falas que se entrecruzam e se recriam.

Os sentidos, destacados nas falas dos sujeitos, estão associados a sentidos construídos para a alfabetização numa sociedade capitalista cuja principal atividade econômica é a indústria; desse modo, faz-se necessária a escolarização dos trabalhadores.

Os sujeitos, portanto, expressam sentidos, em suas falas, que denotam que é importante aprender a ler e a escrever para que, quando forem adultos, possam trabalhar, ou seja, a alfabetização está ligada diretamente à formação que consideram necessária para o trabalho.

Se retomarmos a história da educação brasileira, possivelmente poderemos compreender como esses sentidos se articulam a significações de caráter ideológico, criadas para atender às necessidades do mercado de trabalho e também às necessidades de consumo. A partir da revolução de 1930, a expansão e intensificação do capitalismo industrial no Brasil impunham "modificações profundas na forma de [...] encarar a educação e, em conseqüência, na atuação do Estado, como responsável pela educação do povo" (Romanelli, 1986, p. 59). O capitalismo industrial provocou uma concentração de população nas áreas urbanas e introduziu novas relações de produção que redundaram na necessidade, cada vez mais premente, de qualificação para o trabalho e, portanto, a necessidade de "fornecer conhecimentos [alfabetização] a camadas cada vez mais numerosas, seja pelas exigências da produção, seja pelas necessidades do consumo que essa produção acarreta" (Romanelli, 1986, p. 59), sendo essa uma condição básica e essencial para a sobrevivência do capitalismo industrial. Desse modo, a expansão do ensino elementar para as camadas populares diz respeito às novas exigências do capitalismo industrial que veio modificar o *quadro das aspirações sociais em termos de educação*.

Essa análise é fundamental para que possamos afirmar que os sentidos expressos nas falas das crianças estão inscritos em um sistema de significações que também fixa determinados conteúdos ideológicos. Assim, os sentidos atribuídos pelas crianças não são produções de uma classe, mas estão inscritos em um sistema de significação que, apesar da pretensa neutralidade, reflete os ideais e os interesses de uma classe que detém o poder econômico.

Apesar de as crianças concordarem que a alfabetização é uma condição necessária para ser trabalhador, sendo, então, aquilo que motiva a aprendizagem, isso não é suficiente para que elas, na sala de aula, realizem todas as tarefas propostas pela professora. Em nossas observações na sala de aula, deparamos sempre com uma certa resistência, por parte das crianças, em realizar as tarefas escolares. Por que então, contraditoriamente, isso acontece?

Mediante nossa análise, podemos compreender que o trabalho escolar se reduz à realização de tarefas circunscritas nele mesmo, "aprender para ir para a segunda série" (apesar de já não existir segunda série!), copiar para copiar, ler para ler, etc. É um trabalho que, além de estar desligado da significação social da escrita, está desligado dos sentidos que a criança lhe atribui, isto é, descolado dos motivos que levam as crianças a freqüentarem a escola, ou seja, serem trabalhadores. Talvez por isso as tarefas escolares se tornem muitas vezes enfadonhas, gerando na criança uma atitude de não querer realizá-las.

3. A aprendizagem da leitura e da escrita tem como finalidade a mobilidade social

Essa explicação, de certa forma, está ligada à anterior. Os sujeitos consideram que a aprendizagem da leitura e da escrita tem por finalidade a realização de trabalhos com um maior prestígio social, ou seja, aprender a ler e a escrever representa para as crianças uma possibilidade de mudança na sua condição social, econômica e cultural. Esses mesmos sentidos apareceram também na fala da maioria dos adultos.

"Quem não aprende carrega carrocinha... Os meninos carregam um monte de lata, uns negócios. E também as pessoa dão lata pra eles." (Rafael)
"Quem não aprende fica burro e aí não pode trabalhar." (Patrick)
"Porque quem não sabe ler é burro, puxa carroça. Minha mãe falou. Tem um cara lá perto de casa que puxa carroça." (Marcus)
"Porque, se a gente não aprender a ler e a escrever, como é que a gente vai viver? Só se for ficar bobo. Só pode! Se a gente não aprender." (Erika)
"Porque pode ficar estudando pra aprender bem, pra num ficar igual mendigo sem aprender nada. Quem num aprende a ler não sabe fazer nada em casa e fica mendigando." (Iolanda)
"Porque a gente fica mais sabido... a gente trabalha, quando crescer. Fica bem de vida, não fica pobre." (Felipe C.)

As falas enunciadas pelos pais também denotaram esses mesmos sentidos:

"Porque o estudo ele é... ele ajuda, né. Ele ajuda a pessoa a ser alguma coisa na vida." (pai da Stela)

"Ele pode arrumar um serviço bom; não ficar na rua." (Solange)
"Mais tarde arrumar um serviço." (Zilma)
"Ele pode crescer, ser uma pessoa na vida, ter um futuro melhor. Ser um professor, se ele quiser, um médico, um doutor." (Jocelina)
"Praticamente em tudo. Perdi muita oportunidade de emprego por não ter estudado mais." (mãe do Felipe C.)
"Pra todo mundo é importante. Quem não aprende, não consegue nem um emprego mixo. Até para ser varredor de rua é preciso ter aprendido." (mãe do Heverton)
"Nossa Senhora! Acho que não só eu, né. Acho que todos. O que será da Juliana se eu não der um bom estudo a Juliana, se eu não fizer por onde a Juliana aprender, amanhã?... Se ela tiver um bom estudo, ela pode ter um serviço melhor. Ela pode trabalhar. Se a mãe dela estudasse, ela num tava aí na casa dos outros." (avó da Juliana)

Quem não sabe ler e escrever é um incompetente para a vida. "É pobre, é bobo e não consegue fazer nada." Assim, a não-aprendizagem constitui uma forma de legitimação da pobreza e a aprendizagem, um mecanismo que, ilusoriamente, possibilitará a mudança na condição social.

No entanto, uma das avós que vieram conversar conosco nos disse o seguinte: "Eu num sei ler, se a senhora me pedir pra ler qualquer coisa aí, eu num sei ler. Mas eu fiquei na escola dos sete aos quatorze anos e num aprendi nada". É uma denúncia?! Sim, tendo avaliado o seu esforço para estar na escola, permanecendo nela por tanto tempo, não pode compreender por que não aprendeu nada.

Os sentidos expressos nas falas dos sujeitos indicam que eles acreditam que a aprendizagem da leitura e da escrita é importante para que possam mudar a sua condição social e econômica. Sabemos que a aprendizagem escolar tem, em uma sociedade capitalista, outros objetivos. Como mencionamos, a escola foi estendida à classe trabalhadora para servir aos interesses da indústria, que necessitava de mão-de-obra escolarizada.

Por isso, os sentidos expressos nas falas escritas anteriormente revelam visões estereotipadas e denotam a ilusão de que a escolarização é suficiente para modificar a vida das pessoas. Mudança é sinônimo de transformação e, portanto, é um processo que depende das condições históricas objetivas. É algo que não surge imediatamente, mas é fruto da luta dos homens contra a dominação e também de um processo de educação dos homens.

Observamos que as falas das crianças revelam sentidos veiculados pela escola e pela família, pois são estas as principais instituições que promovem a socialização infantil. Todavia, os sentidos veiculados por estas instituições estão desligados da significação social desse aprendizado. São, portanto, representações formadas numa práxis histórica que se apresentam à consciência desses sujeitos, segundo Kosik, de forma diferente "e muitas vezes absolutamente contraditória com a lei do fenômeno, com a estrutura da coisa e, portanto, com o seu núcleo interno 'essencial' e o seu conceito correspondente" (1989, p. 10). É, também, o resultado de uma "práxis fragmentária dos indivíduos, baseada na divisão do trabalho, na divisão da sociedade em classes e na hierarquia de posições sociais que sobre ela se ergue" (p. 10).

O aparecimento e o desenvolvimento da atividade teórica e prática humana geraram a separação entre sentido e significação, fazendo com que os homens não conseguissem estabelecer as relações entre os motivos e os objetivos de uma ação. Dessa forma, os sentidos atribuídos à alfabetização, pelos sujeitos que participaram da pesquisa, são também fragmentados e contraditórios, construídos a partir de conteúdo expressamente ideológico e, conseqüentemente, dissociados da significação social da escrita.

4. A alfabetização possibilitará a realização de atividades cotidianas

As respostas destacadas em seguida indicam que as crianças atribuem sentidos à alfabetização que diferem dos anteriores, exatamente por estarem relacionados aos usos sociais da escrita.

> "Pra também, no ônibus, ler o que tem escrito. Tem que olhar pelos números pra poder entrar. Mas se não tem os números você tem que pegar, chegar pro trocador e falar: aqui é o ônibus de Santa Marta, do lugar de Santa Marta? Aí ele fala se for o lugar. Aí eu entro e pago a passagem e vou." (Stevão)
> "Ler e escrever alguma coisa... qualquer coisa. Minha tia mora na roça e ela manda carta pra mim e aí eu leio." (Rita)
> "Pra poder ler tudo... fazer... mandar carta no correio... pro Sérgio Malandro... pra pedir aquela motinha de criança de motor." (Marcus)
> "Pra comprar fruta, por causa do preço." (Juliana L.)
> "Pra ler a Bíblia e ler a coletânea da igreja. Pra ajudar as criancinhas aprender a ler." (Guilherme)
> "Pra poder mandar pros outros. Escreve uma coisa no papel e dá pros outros. Escreve um abraço." (Daniel)

As enunciações das crianças indicam, de forma desarticulada, os usos da escrita no dia-a-dia dos sujeitos, isto é, a utilidade prática que esta tem para as pessoas. Uma análise do contexto em que as falas foram enunciadas nos permite dizer que esses sentidos são o resultado de apropriações ocorridas em situações informais de ensino. A entrevista que se segue confirma essa observação. Ao escrevermos a entrevista, usaremos a letra P para identificar as falas da pesquisadora e a letra C para identificar as falas da criança. Vejamos a entrevista com Stevão, aluno da classe de alfabetização:

P: Você acha importante aprender a ler e a escrever?
C: Acho.
P: Por que você considera importante aprender a ler e a escrever?
C: Pra quando eu preciso fazer as coisas, fazer as coisas melhores, escrever, aprender, pra quando eu ler um negócio dentro do carro, quando estiver trabalhando.
P: E o que tem dentro do carro que a gente precisa ler?
C: Também no ônibus tem escrito: pegar os passageiros e levar aos lugares deles.
P: Como você sabe que no ônibus tem escrito isso que você disse?
C: Eu sei. Minha mãe falou e meu irmão também.
P: Pra você pegar o ônibus você precisa saber ler?
C: Tem que olhar pelos números pra poder entrar. Mas se não tem os números você tem que pegar, chegar pro trocador e falar: aqui é o ônibus de Santa Marta, do lugar de Santa Marta? Aí ele fala se for o lugar. Aí eu entro e pago a passagem e vou.

Como pode ser observado, a aprendizagem da leitura e da escrita é motivada por situações que ocorrem fora da escola. Stevão, por exemplo, repete claramente o ensinamento de sua mãe de como fazer para chegar à sua casa, em Santa Marta. Em outras entrevistas, verificamos que as falas expressavam situações vivenciadas em situações informais de ensino (vendo televisão ou fazendo compras para a mãe). É importante salientar que, das 30 crianças que participaram da entrevista, apenas cinco enunciaram sentidos ligados aos usos sociais da escrita.

Segundo Rockwell, "historicamente a escola estabeleceu uma distinção entre 'aprender a ler' e 'ler para aprender'" (1990, p. 233). Essa distinção fez surgir práticas e métodos de ensino da leitura e da escrita que dissociam o processo de aprendizagem em *aprender a ler* no sentido de decifrar e em *ler para aprender* no sentido de ler para aprender o significado do texto. E, assim, tradicionalmente, na escola, o *aprender a ler* constitui uma etapa anterior ao *ler para aprender*.

Desse modo, as crianças, na fase inicial de alfabetização, realizam atividades que lhes permitem *aprender a ler* no sentido de aprender a decifrar o que está escrito. Outras atividades ligadas, por exemplo, aos usos sociais da escrita, ficam para uma etapa posterior, ou seja, para níveis mais avançados da escolarização, depois que a criança aprendeu a ler.

Consideramos que os sentidos atribuídos à aprendizagem da leitura e da escrita, na fase inicial de alfabetização, estão desintegrados da significação social desse aprendizado, e a escola, graças aos métodos usados para ensinar a ler e a escrever, acentua essa distância. A análise dos sentidos atribuídos pelos sujeitos envolvidos no estudo sobre o processo de alfabetização confirmou essa hipótese. Entretanto, isso não quer dizer que esses sentidos não estejam refletidos em um sistema de significações. As significações, como mencionamos, se fixam na linguagem, e, segundo Leontiev (1978), a evolução das línguas possibilita que as palavras deixem de ser portadoras de um conteúdo refletido, transformando indiretamente esse conteúdo. Esse fato está ligado, do ponto de vista da história da consciência social, a que "uma ideologia expressa na língua se substitui por uma ideologia expressa pela língua". Assim, ao se apropriar do sistema de significações lingüísticas, o homem se apropria também do sistema de idéias e opiniões que a linguagem expressa, isto é, apropria-se de um conteúdo ideológico.

Numa sociedade de classes, a ideologia que predomina é a da classe dominante, que reforça as relações sociais existentes. Assim, os sentidos atribuídos pelos sujeitos à alfabetização estão fundidos em um sistema de significações que exprime um conteúdo ideológico ligado a esse fenômeno, o qual mascara e oculta a significação social da alfabetização: possibilitar a formação da consciência crítica. A alfabetização, assim como qualquer processo de educação, deve desenvolver no homem um processo de tomada de consciência de si mesmo e da realidade que o circunda, de modo que possibilite que ele reflita conscientemente sobre essa realidade, transformando-se e a transformando como sujeito e como agente sócio-histórico.

A escola tem um papel imprescindível nesse processo, pois a educação escolar é mediadora entre as crianças e a significação social da escrita, portanto, entre as crianças e o conhecimento humano historicamente elaborado. Os estudos de Luria (1990) comprovaram que o acesso à escolarização formal, e, portanto, primeiramente a aprendizagem da leitura e da escrita, produz mudanças qualitativas no processo de desenvolvimento dos indivíduos, pois provoca o desenvolvimento de processos psicointelectuais novos e complexos, originando uma mudança radical das características dos indivíduos. Assim,

> ... uma correta organização da aprendizagem da criança conduz ao desenvolvimento mental, ativa todo um grupo de processos de desenvolvimento, e essa ativação não poderia ocorrer sem a aprendizagem. Por isso, a aprendizagem é um momento intrinsecamente necessário e universal para que se desenvolvam nas crianças essas características humanas não-naturais, mas formadas historicamente (Vigotski, 1988, p. 115).

Capítulo 4 **O papel do desenho: a imitação da atividade de leitura**

A análise dos sentidos que a alfabetização tem para as crianças e para os adultos evidenciou que eles estão desintegrados da significação social que a apropriação da leitura e da escrita deve ter para os indivíduos. Doravante, analisaremos os processos desencadeados nas crianças, após sua inserção em um contexto formal de alfabetização, enfatizando que esses processos são intermediados pelo adulto que organiza e conduz as atividades de ensino-aprendizagem e, por isso, dependem, segundo Luria (1988), das *técnicas de escrita usadas* e também das técnicas e/ou métodos empregados para ensinar a ler e a escrever.

Segundo Luria, "a pré-história da escrita só pode ser estudada, na criança, de forma experimental" (1988, p. 147). Desse modo, para o estudo proposto, também utilizamos experimentos, por considerar que essas situações possibilitariam a objetivação do raciocínio infantil.

Planejamos situações sob a forma de entrevistas e tarefas a serem realizadas pelas crianças para observar como se desenvolve o processo de apropriação da leitura e da escrita nos sujeitos que foram envolvidos no estudo. Neste capítulo, analisaremos o papel do desenho no processo de desenvolvimento da leitura e da escrita, através do trabalho realizado em dois momentos do ano escolar de 1995. O primeiro momento ocorreu nos meses de fevereiro e março e o segundo, em setembro e outubro.

Nossa hipótese, ao iniciarmos o estudo, era que o desenho possui um papel fundamental no processo de aprendizagem da leitura e da escrita, pois as crianças, ao serem incentivadas a interpretar o texto, o utilizaram para efetuar a leitura. As primeiras tentativas de leitura da criança são de caráter imitativo. Ao imitar os atos de leitura dos adultos, a criança interpreta o texto, a partir de desenhos e de outros elementos gráficos, sendo essa atividade de caráter espontâneo e imitativo, referindo-se apenas aos aspectos externos do ato de ler. Mas são tais atividades que possibilitarão a compreensão do que significa ler.

Segundo Vigotski, a imitação não é uma atividade puramente mecânica, "para imitar, é necessário possuir os meios para se passar de algo que já se conhece para algo novo" (1989b, p. 89). O ser humano, quando imita, não o faz como os outros animais treinados para realizar determinadas ações, pois, nesses animais, a aquisição de um hábito não provoca a ativação de novas habilidades. A imitação das atividades do adulto desempenha um papel fundamental no processo de desenvolvimento infantil, pois traz "à tona as qualidades especificamente humanas da mente e levam a criança a novos níveis de desenvolvimento" (1989b, p. 89). Desse modo, a imitação da atividade de leitura dos adultos pelas crianças gera o desenvolvimento da leitura na forma como está constituída historicamente. Entretanto, a imitação é possível, se as crianças estão imersas em um contexto no qual podem interagir com pessoas que dominam os mecanismos da linguagem escrita. Da mesma forma, a modificação da atividade de leitura das crianças, de caráter imitativo, se deve à apropriação do sistema de escrita, que ocorre por meio da ação do adulto/professor que ensina e, por isso, proporciona a elevação desse mecanismo de leitura para uma atividade que não é meramente externa e imitativa, mas que exige a apropriação, o domínio de um conjunto de habilidades.

O sistema de escrita, que expressa fenômenos lingüísticos (sons da fala) e extralingüísticos (fala interior), é parte do mundo real criado pelo homem. A apropriação desse sistema determina e modifica a vida da criança, humanizando-a.

Entretanto, como parte do mundo real, como produto histórico-social, este não se apresenta às crianças imediatamente, e, por isso, suas características específicas precisam ser descobertas. Segundo Leontiev, "mesmo os instrumentos [...] mais elementares da vida quotidiana têm que ser descobertos activamente na sua qualidade específica" (1978, pp. 166-7). O que significa dizer ainda que "a criança tem de efetuar a seu respeito uma actividade prática ou cognitiva que responda de maneira *adequada* [...] à actividade humana que eles encarnam" [*grifo do autor*] (1978, p. 167).

Sintetizaremos, primeiramente, os resultados dos estudos realizados por Ferreiro & Teberosky (1989) sobre a relação letra e imagem, mostrando principalmente a evolução dessa relação em crianças escolarizadas, para, em seguida, apresentarmos os resultados obtidos durante as nossas investigações e compará-los com as principais descobertas dessas autoras.

Em seus experimentos, Ferreiro & Teberosky (1989) trabalharam com crianças no início, meio e final do ano escolar, utilizando uma técnica em que as crianças deveriam predizer as palavras e orações escritas em uma lâmina. Em cada lâmina, estavam representadas imagens que se relacionavam de algum modo com o texto escrito.

Para a leitura de palavras, as respostas obtidas foram classificadas segundo três critérios: primeiro, indiferenciação entre imagem e texto; segundo, o texto é concebido como *etiqueta do desenho*; terceiro, as propriedades do texto são consideradas para confirmar a antecipação feita por meio da imagem (Ferreiro & Teberosky, 1989).

As respostas obtidas na leitura de orações foram classificadas também em três categorias: primeiro, divórcio entre sentido e decifrado (havendo ora primazia do sentido a partir da imagem, ora do decifrado a partir dos sinais gráficos); segundo, conflito entre decifrado e sentido (a primazia do decifrado ou do sentido permanece, ocorrendo conflitos entre um e outro); terceiro, coordenação entre decifrado e sentido.

É interessante ressaltar que os critérios utilizados por Ferreiro & Teberosky (1989) para a classificação das respostas obtidas a partir da leitura de palavras pelas crianças escolarizadas, não diferem daqueles usados para classificar as respostas enunciadas pelas crianças pré-escolares. Segundo tais pesquisadoras, a diferença recai apenas sobre os aspectos quantitativos. Enquanto apenas 10% dos sujeitos escolarizados demonstraram não estabelecer diferenças entre imagem e escrita, esta porcentagem é bem maior para as crianças pré-escolares, com idade de quatro a seis anos (76%). As respostas dos sujeitos escolarizados se concentram, em sua maioria, no segundo critério – a escrita é uma etiqueta da imagem (66%).

Segundo Ferreiro & Teberosky, a conclusão obtida por meio das observações realizadas indica que "a classificação das respostas obtidas representa um ordenamento genético das respostas" (1989, p. 103). O que não significa, de acordo com as pesquisadoras, que todas as crianças passem por essas etapas, mas que com aquelas com as quais trabalharam e que estavam sendo submetidas a um processo de aprendizagem da leitura e da escrita, cujo ensino coloca em primeiro plano o decifrado em detrimento do sentido, as condutas analisadas seguiram a mesma progressão.

Também, ao compararem os dados obtidos com as crianças pré-escolares com os obtidos com as crianças participantes de um processo formal de ensino da linguagem escrita, concluíram que "o divórcio entre o decifrado e o sentido, tanto como a renúncia ao sentido em detrimento do decifrado, são produtos escolares, são conseqüências de uma abordagem de leitura que força a criança a esquecer o sentido, até ter compreendido a mecânica do decifrado" (Ferreiro & Teberosky, 1989, p. 103). E, ainda, afirmam que "por si mesma, a criança não está de forma alguma tentada a proceder tal dissociação" (p. 103).

A técnica utilizada para conduzir os experimentos que realizamos foi semelhante à adotada por Ferreiro e Teberosky. No entanto, enquanto as autoras perguntaram aos sujeitos *se tinha algo para ler* na lâmina, solicitando-lhes que indicassem onde estava escrito e incitando-os a ler, em nossos experimentos, perguntávamos aos sujeitos "para que serviam os desenhos" representados na folha de papel. Após essa pergunta, estimulávamos os sujeitos a interpretarem o texto, com o objetivo de observar "como liam". Apresentaremos, neste capítulo, a análise elaborada pelas crianças, em dois momentos do ano letivo, do instrumento de pesquisa que consistia em um texto cujo título é o *Peixinho cantor*, adaptado da história infantil *O peixinho que sabia cantar* de autoria de Ricardo de Azevedo.

Durante o trabalho, as crianças inicialmente observavam o instrumento e muitas delas iniciavam a conversa falando sobre o que estavam vendo nos desenhos ou mesmo fazendo comentários como: "a tia dá desenhos igual a esse pra gente na sala". Quando as crianças não iniciavam a conversa, começávamos perguntando "o que estavam vendo nos desenhos".

Consideramos, ao planejar os experimentos dos quais as crianças participaram, que a linguagem verbal é uma forma eficiente de expressão do pensamento e do raciocínio, e, por isso, a análise das respostas possibilitariam, de algum modo, a compreensão do papel do desenho no processo de aprendizagem da leitura e da escrita. Como veremos, nossa hipótese foi corroborada e também a formulação da pergunta foi adequada.

Discutiremos detidamente as respostas das crianças, organizadas em categorias de análise, a partir do primeiro e segundo momentos do trabalho. Após essa discussão, buscaremos sintetizar as principais conclusões.

É importante ressaltar que a organização das categorias de análise não obedeceu a um ordenamento. O critério de organização foi o tipo de respostas, ou seja, respostas semelhantes. Portanto, nosso objetivo não é estabelecer um ordenamento das relações que possa haver entre desenho e escrita, mas buscar compreender a dinâmica e o movimento desse processo durante a alfabetização inicial/escolar de crianças.

No primeiro momento do trabalho, quatro crianças consideravam que os desenhos serviam "para ser lidos"; sete crianças, que serviam "para ser olhados"; quatro crianças, que serviam para "indicar escrito"; dez crianças, que serviam para "realizar atividades indicadas pela professora" e cinco crianças não responderam ao serem questionadas. No total, 30 crianças analisaram o instrumento de pesquisa.

Participaram do segundo momento do trabalho 32 crianças: cinco crianças disseram que os desenhos serviam "para ser lidos"; uma criança, que serviam "para ver e olhar"; duas crianças, que serviam "para indicar o que estava escrito"; 22 crianças disseram que serviam para "realizar atividades indicadas pela professora"; uma criança não respondeu à pergunta e outra criança, que serviam para "conferir o que haviam lido".

Apenas a última categoria de análise (serviam para conferir o que haviam lido) não foi observada no primeiro momento da pesquisa. Outro aspecto importante, observado no segundo momento do trabalho, se refere ao fato de a maioria das crianças (22) considerarem que os desenhos serviam para realizar atividades indicadas pela professora. No primeiro momento, dez crianças (30%) expressaram essa resposta. Sendo assim, o índice quantitativo de respostas incluídas nesta categoria foi relevante nos dois momentos.

1. Os desenhos servem para ser lidos

As respostas sintetizadas nesta categoria, obtidas no primeiro momento, foram emitidas por quatro sujeitos. É fundamental analisarmos quem são esses sujeitos, pois, das quatro crianças, duas eram repetentes. Priscila tinha nove anos e estava cursando uma classe de alunos iniciantes do Bloco Único pela terceira vez e Leonardo tinha oito anos e cursava a mesma classe pela segunda vez. Leonardo se limitou a responder que os desenhos "serviam para ser lidos" e, ao ser questionado, não acrescentou nenhum elemento à resposta emitida. Priscila, no entanto, completou a sua resposta, assinalando que "até que pode ler nos desenhos, mas eu não sei ler não".

As outras crianças que responderam que os desenhos serviam para ser lidos acrescentaram que os desenhos também serviam para escrever. Por exemplo, Renato assinalou que os desenhos serviam para escrever sobre eles. É comum, na escola, tanto na pré-escola como nas classes de Bloco Único, os professores planejarem tarefas que envolvam a produção de textos a partir de figuras e também atividades em que as crianças deverão escrever os nomes dos desenhos. Por isso, Renato assinalou que os desenhos serviam para "escrever" como nas atividades de sala de aula.

Ao pedirmos a Renato para interpretar o texto, ele o fez citando elementos que não estavam nos desenhos, pois sabia que, sobre os desenhos, podia-se escrever uma história. Observemos como Renato antecipou o escrito.

> C: O menino gostava muito...
> (Pára, pensa e continua.)
> Estava sentado numa pedra olhando o peixe.
> (Fala pausadamente, imitando a forma como a professora lia histórias na classe.)
> Mas é muito legal ver os peixinhos!
> P: O menino falou isso?
> C: Falou.
> P: Como você sabe que é isso que está escrito?
> C: Porque eu já vi nas letras.
> P: Você só olhou nas letras?
> C: Também nos desenhos.

Desse modo, o desenho assume a função de signo, pois possibilita o ato de leitura, ajudando-o a efetuar a atividade. Sendo assim, a resposta "serve para ler", referindo-se aos desenhos, não implica indiferenciação entre o desenho e a escrita ou primazia do sentido sobre o decifrado como mostrou Ferreiro & Teberosky (1989). O que a criança fez foi realizar a atividade de leitura, utilizando para tal os desenhos, porque não domina a linguagem escrita. Nesse sentido, o desenho se torna o elemento que possibilita a atividade de leitura.

Segundo Vigotski, a atividade produtiva humana é mediada pelos instrumentos e pelos signos. Os instrumentos são de natureza material, física, e constituem "um meio pelo qual a atividade externa é dirigida para o controle e domínio da natureza" (1989a, p. 62). Enquanto o signo age como instrumento da atividade psicológica, isto é, "constitui um meio da atividade interna dirigida para o controle do próprio indivíduo; o signo é orientado *internamente*" [*grifo do autor*] (1989a, p. 62). Desse modo, o desenho se torna, no início da aprendizagem da leitura, um meio dessa atividade, pois orienta e dirige a leitura.

Outro aspecto que nos chamou a atenção, neste grupo, foi o fato de crianças que estavam na escola por alguns anos concluírem que os desenhos "serviam para ser lidos", como foi o caso de Leonardo e Priscila. Ambos usaram letras para escrever, nomearam várias letras do alfabeto e, no entanto, não fizeram a leitura decodificando letras isoladas. Leonardo não se dispôs a interpretar o texto e Priscila concretizou a atividade por meio dos desenhos. Vejamos a entrevista com Priscila:

> P: O que você acha que está escrito neste material?
> C: O menino tava sentado na pedra. E aqui? (aponta o peixe em cima da árvore) É um peixe?
> P: Sim, é um peixe.
> C: Estava cheio de flor na água. Ele tava sentado olhando o peixe.

Quando Priscila leu, apontou o texto escrito, o que significa que sabia onde se lê. Os desenhos auxiliaram a realização da atividade e, por isso, disse que serviam para ser lidos.

Assim, o desenho tem um papel fundamental no processo de apropriação da escrita e da leitura, pois, segundo os estudos de Luria (1988) sobre o desenvolvimento de escrita, a criança pré-escolar usa os desenhos como forma de registro que lhe permite recordar o que escreveu. Uma vez que as crianças superem essa forma de registro, graças à influência da aprendizagem das letras, *o desenho continua a ser usado para efetuar a leitura*, mesmo que as crianças não o usem mais como registro.

As crianças se relacionam com o desenho para realizar a atividade de leitura, pois sabem que a leitura de letras isoladas não traduz os sentidos expressos no texto. O uso do desenho integra o processo de apropriação da leitura e da escrita, sendo o resultado das experiências de leitura vivenciadas com os adultos. Desse modo, as tentativas de interpretação do texto, exemplificadas anteriormente, são resultado da imitação das ações dos adultos quando lêem. Em outras palavras, a atividade de leitura, neste momento, implica o domínio de ações externas a ela. Dessa forma, não há, como argumentam Ferreiro & Teberosky (1989), primazia do sentido sobre o decifrado.

Ao se apropriarem dessas ações, as crianças apenas imitam atos de leitura. Entretanto, a imitação dessa atividade gera novas habilidades que serão cada vez mais modificadas rumo à apropriação definitiva da linguagem escrita como sistema de signos gráficos dirigido para o controle e organização do pensamento do próprio sujeito e de outras pessoas. Assim, o desenvolvimento de formas de atividade de leitura de caráter imitativo é provocado pela ação das pessoas que ensinam, que lêem para as crianças, ou seja, que medeiam a sua relação com a escrita.

Ao iniciarem o processo de apropriação do sistema de escrita, as crianças começam, também, um processo em que têm que tomar e produzir para si os modos específicos de comportamento humano criados historicamente objetivados nesse conhecimento. Assim, a escrita não se apresenta às crianças em toda a sua *completude*. Por isso, elas se apropriam primeiro das qualidades externas do ato de ler (os gestos, o tom de voz, o movimento com os olhos e a cabeça, etc.). As ações que traduzem a aquisição do que é externo à atividade de leitura se formam nas crianças, porque as relações que estabelecem com a escrita são intermediadas pelas relações com outras pessoas. A escrita em si, na forma em que se apresenta atualmente, não demonstra nem manifesta os modos de utilização elaborados historicamente. Isso porque os signos não se reduzem à materialidade; eles cristalizam *um modo de emprego*, resultado da prática social dos homens. Dessa forma, com o constante aprimoramento dos signos, eles deixam de traduzir cada vez mais as relações sociais neles refletidas.

Nos seus primórdios, a escrita baseava-se no uso de signos que estavam associados diretamente ao objeto a ser representado. No decorrer do desenvolvimento sócio-histórico, assumiu o caráter alfabético, isto é, passou a se caracterizar pelo uso de letras para representar não mais os objetos, mas os sons da fala humana. Para que as letras do alfabeto usado no português atingissem a forma atual, elas passaram por um longo processo de transformação. A transformação dos símbolos usados para escrever, produzida pelo homem, fez com que perdessem a relação com o objeto a ser representado e também a relação com o modo de emprego. Sendo assim, as crianças se apropriam, primeiramente, de qualidades externas da atividade de leitura, pois elas estão presentes em qualquer ato de leitura realizado pelos adultos.

Assim, tendo em vista que os símbolos usados para escrever são arbitrários, é possível compreender por que as tentativas de interpretação da escrita por parte das crianças pesquisadas se efetivaram por meio dos desenhos. Apesar de essas ações não traduzirem as qualidades específicas do sistema de signos gráficos usados para escrever e serem de caráter imitativo, essas ações possibilitam a ativação de habilidades que conduzirão ao aprendizado.

Ainda é importante ressaltar que o modo como o desenho é usado na sala de aula contribui para que a criança o transforme em meio da atividade de leitura, pois os desenhos ou ilustrações estão sempre relacionados ao texto nas atividades escolares. O desenho é usado na sala de aula como elemento que permite à criança recordar o que está escrito, pois as primeiras tentativas de escrita por parte das crianças não possibilitam a recordação do conteúdo registrado.

A análise anterior foi corroborada pelas informações obtidas durante o segundo momento do trabalho. Mais uma vez, foi possível observar que o fato de as crianças definirem que os desenhos "serviam para ser lidos" significou que possibilitaram a produção da atividade de leitura, mas não significou que houvesse indistinção entre letras e imagens.

Vejamos, então, as conversas que tivemos com cada uma das crianças que emitiram respostas incluídas nesta categoria. Consideramos importante descrever cada entrevista, pois elas são elucidativas e permitem acrescentar mais elementos empíricos à análise anterior. Iniciaremos pela entrevista com Renato. Essa criança sustenta respostas semelhantes às enunciadas durante o primeiro momento:

> P: O que você está vendo?
> C: O cara olhando pro peixinho.
> P: Para que servem esses desenhos que você está vendo?
> C: Pra ler.
> P: E as escritas?
> C: Servem também pra ler.
> P: O que você acha que está escrito?
> C: O homem pegando... olhando o peixinho que tá em cima duma árvore. Oh! Que pecadinho! O homem olhando a árvore.
> P: Como você sabe que isso está escrito?
> C: Eu li.
> P: Você leu onde?

C: Aqui. (Aponta a escrita.)
P: Você leu só nas letras?
C: Eu olhei nos desenhos.

Ao estimularmos Renato a interpretar o texto escrito, ele observou as letras e leu, fazendo movimentos com os olhos e a cabeça, como se estivesse de fato lendo. Disse que leu nas letras, pois sabia que a escrita é para ser lida, mas utilizou o desenho para concretizar a leitura, pois não possuía os conhecimentos necessários à realização da atividade. É interessante como se referiu ao desenho para ser olhado e não para ser lido no final da entrevista. Renato imitou a atividade dos adultos, imitou o tom de voz usado para a leitura, separou as palavras em sílabas e usou uma linguagem, principalmente na pronúncia do artigo "o", que se aproximava da escrita, pois pronunciou [ô] no início da leitura, em vez de pronunciar [u], que é o padrão falado oralmente. A antecipação do texto é mais detalhada do que afirmou estar vendo nos desenhos. Disse que estava vendo apenas "o cara olhando o peixe". A própria palavra "cara" reflete uma linguagem coloquial. Explicou o texto quando leu que "o homem vê um peixe em cima da árvore". Desse modo, os detalhes dos enunciados, o uso de uma linguagem próxima da escrita e a separação das palavras em sílabas são marcadores do ato da leitura escolar que difere do ato de fala.

Renato utilizou o desenho como signo para concretizar o ato de leitura, mas isso não implica que desconhecia todos os mecanismos da leitura. Pelo contrário, ele já se apropriou de mecanismos externos desse ato. Além disso, o fato de ter usado uma linguagem artificial para ler demonstrou que as técnicas usadas para o ensino da leitura influenciam as apropriações, objetivadas na antecipação/leitura do texto.

Segundo Cagliari, tanto a alfabetização como "o ensino do português [de um modo geral] têm sido fortemente dirigidos para a escrita" (1989, p. 69). Por isso, os professores alfabetizadores utilizam, na sala de aula, uma linguagem que procura traduzir a escrita. Isso é feito com o objetivo de simplificar as difíceis relações entre som e letra. No entanto, isso é algo que nos parece dificultar a compreensão, por parte das crianças, das diferenças entre essas duas realidades da língua, porque as crianças precisam compreender, desde pequenas, que as normas e convenções que regem o uso da linguagem escrita são diferentes das que regem os usos da linguagem oral e que não existe uma relação de correspondência biunívoca entre sons e letras.

O ato de leitura de Renato demonstrou que esta atividade tem origem na comunicação prática e verbal estabelecida com a professora na sala de aula e com outros adultos. A forma como as atividades escolares são orientadas exerce influência sobre como as crianças realizam a leitura.

Na entrevista com Cristiano L., observamos que ele considerava que os desenhos serviam para ler, porque indicavam o que estava escrito no texto.

P: O que você está vendo?
C: O peixe fica na mata. Numa mata cheia de...
P: Uma mata cheia de quê?
C: Uma mata cheia de flor.
P: Esses desenhos servem para quê?
C: Pra ler.
P: Você lê nos desenhos?
C: Leio.
P: E a escrita?
C: Pra vê esses negócio aqui, que está na mata, a flor, a árvore.
P: O que você acha que está escrito?
C: Os peixinhos ficam na mata. E um pássaro olhando.
P: Como você sabe que isso está escrito?
C: Porque tá tudo aqui. (Aponta os desenhos.)
P: Então a gente olha nos desenhos para saber o que está escrito?
C: É.
P: O que mais está escrito?

C: Mais o que tem na mata, flor, capim...
P: Onde está escrito peixe?
C: Peixe é palavra com P. (Aponta uma palavra que se inicia com a letra P.)
P: O que está escrito?
C: (Lê pausadamente, apontando toda uma linha do texto.) O pei... o peixe fi-ca-va na mata andando.

Para Cristiano, é claro o papel do desenho como meio que lhe permitiu concretizar a atividade de leitura. No entanto, buscou confirmar a antecipação feita, a partir dos desenhos, na escrita. Apontou no texto escrito a letra inicial da palavra peixe. Cristiano dominava algumas letras e, no entanto, não leu letras isoladamente. De acordo com suas experiências escolares, sabe que o desenho está relacionado ao texto escrito.

A conduta de Cristiano demonstra a tentativa de articular o texto, elaborado por meio dos desenhos, com o texto escrito. Para isso, utiliza os conhecimentos sobre as letras aprendidas na sala de aula. Para Ferreiro & Teberosky (1989), a renúncia ao sentido em função do decifrado são produtos escolares. Contudo, como pôde ser observado mediante a entrevista realizada com a criança, não ocorreu renúncia de um ou de outro aspecto. Ambos os aspectos foram considerados para efetuar a atividade de leitura.

Ferreiro & Teberosky (1989) enfatizam o sentido a partir do desenho sem se darem conta de que essa atividade traduz aspectos aparentes da leitura. Na realidade, a explicação que encontramos para a importância atribuída por essas autoras a essa atividade diz respeito, de acordo com Vigotski, à concepção piagetiana: "Embora defenda que, ao formar um conceito, a criança o marca com as características de sua própria mentalidade, Piaget tende a aplicar essa tese apenas aos conceitos espontâneos, e presume que somente estes podem nos elucidar as qualidades especiais do pensamento infantil" (1989b, p. 73).

Desse modo, Ferreiro & Teberosky (1989), na tentativa de elucidarem as características genuínas do pensamento infantil, também presumem que a atividade de leitura produzida pelas crianças, a partir das imagens, demonstra o que há de essencial nessa atividade e, dessa forma, não analisam que essa atividade também se forma na criança a partir de mediações.

Assim, podemos concluir que, no processo de desenvolvimento da escrita na criança, o desenho tem um papel fundamental, pois possibilita a atividade de leitura. Utilizando-se do desenho, a criança é capaz de realizar a leitura, inicialmente, de caráter imitativo, mas que traz à tona *qualidades especificamente humanas de comportamento* ou os modos especificamente humanos de leitura.

Dessa forma, as crianças dominam mecanismos externos de leitura, mesmo antes de compreenderem plenamente a linguagem escrita. A experiência escolar propiciará a mudança desse tipo de conduta por meio do ensino da escrita, isto é, do ensino de operações intelectuais que estão na base da apropriação da leitura e da escrita.

Segundo Leontiev, a ação dos fenômenos exteriores sobre as crianças

> ... suscita reacções [...] e aparece, nela, um reflexo destes fenómenos; todavia, as reacções primárias à acção destes fenómenos correspondem ao seu aspecto material e não às suas qualidades específicas [...] não refractado nas significações, isto é, não refractado através do prisma da experiência generalizada da prática social (1978, pp. 184-5).

Os atos de leitura que as crianças realizaram, demonstraram que eles expressam mecanismos por elas dominados, refletem reações primárias, ou seja, as primeiras tentativas de realização de atos de leitura.

2. Os desenhos servem para ver e olhar

As respostas de algumas crianças, obtidas durante o primeiro momento do trabalho, têm um aspecto interessante em comum. Elas afirmaram que os desenhos "serviam para ver e olhar", apontando-os, e também mostraram o texto e assinalaram que "serviam para ler".

Vejamos alguns exemplos:

P: Para que servem os desenhos que você está vendo?
Guilherme: Para ver... para ler é aqui. (Aponta a escrita.)
Felipe: Os desenhos servem para ver, mas isso aqui serve pra ler. (Aponta as escritas.)
Juliana: Para ver aqui (aponta os desenhos) e ler é aqui. (Aponta as escritas.)

Esse tipo de resposta demonstra que essas crianças compreendiam as diferenças entre as duas formas de representação (desenho e escrita). A diferença entre desenho e escrita consiste, segundo Luria (1988), no modo como uma criança se relaciona com o desenho. Se uma criança se relaciona com o desenho como um mecanismo auxiliar que lhe permite escrever, isto é, registrar e recordar um conteúdo, este assume a função de signo.

Luria faz essa observação considerando como as crianças com as quais trabalhou produziam escritas. Elas utilizavam os desenhos como signos que possibilitavam a lembrança do que haviam escrito. Entretanto, em nossas observações, os desenhos propiciavam o ato de leitura, além de as crianças usarem letras e não desenhos para escrever. Desse modo, o desenho continua sendo usado na atividade de produção de leitura, mas não para escrever. O fato de a criança ter esse tipo de conduta demonstra uma liberdade nas operações realizadas, pois, como não domina os mecanismos da escrita, realiza a atividade de leitura por meio dos desenhos. O uso de signos e instrumentos marca a diferença de formas especificamente humanas de comportamento dos animais inferiores.

Outras crianças enfatizaram aspectos relacionados apenas aos desenhos:

> Heverton: Pra ver, pra ver com os olhos.
> Juliana Lopes: Pra ver.
> Marcus: Serve pra olhar... pra escrever, fazer um desenho desse.
> Erika: Serve pra ver.

É importante ressaltar que Erika dominava o caráter alfabético da escrita e interpretava textos escritos. Com exceção de Erika, Guilherme e Felipe, as demais crianças utilizaram o desenho para concretizar a atividade de leitura.

Lorrainy, no segundo momento do trabalho, disse que os desenhos são para olhar. Vejamos, portanto, a entrevista:

> P: O que você está vendo?
> C: Um menino.
> P: O que mais?
> C: Um menino olhando um peixe.
> P: Para que servem os desenhos?
> C: Pra poder olhar.
> P: O que você acha que está escrito?
> C: (Demora a responder e observa a escrita, fazendo movimentos com os olhos.) Não sei.
> P: Tem algum jeito de você saber?
> C: Não.
> P: Nem olhando nos desenhos?
> C: (Observa os desenhos.) Não, nem olhando nos desenhos.

Lorrainy afirmou que não sabia o que estava escrito, mas tentou se relacionar com a escrita para realizar a atividade. O fato de haver considerado que os desenhos não poderiam ajudá-la a ler implica que já aprendeu que os desenhos não são os signos adequados para uma atividade de leitura. Consideramos que essa compreensão conduz a novas possibilidades de aprendizagem. Entretanto, essa nova forma de conduta só se torna possível e será aprimorada graças à intervenção pedagógica. Dessa forma, os atos, que inicialmente não passam de uma imitação, possibilitam que novos processos sejam produzidos. Assim, podemos dizer, como assinala Luria (1988), que *o ato produz a compreensão*, ao mesmo tempo que ações que são realizadas pela criança com o auxílio das pessoas geram o desenvolvimento.

No caso de Lorrainy, a intervenção escolar tem lhe ajudado a perceber que o desenho não é o meio adequado da atividade de leitura e, certamente, isso não ocorreria se esta não estivesse inserida em uma prática social de alfabetização. Assim, neste momento, é ainda fundamental a ação do adulto-professor que deverá mostrar como os sinais gráficos se relacionam aos sons da fala e não aos desenhos.

3. Os desenhos servem para indicar o que está escrito

O fato de as crianças definirem que os desenhos serviam para "indicar o que estava escrito" demonstra, mais uma vez, o uso do desenho para a realização da atividade.

Estas foram as respostas das crianças:

P: Para que servem os desenhos que você está vendo?
Daniel Felipe: Tá escrito (aponta as escritas) o que tem nos desenhos.
Cristiano Liberato: Tá escrito o que está nos desenhos.
Shavana: Pra escrever o que tá aqui. (Aponta as escritas.)
Samila: Pra saber as letras. (Aponta a escrita.)

Ferreiro & Teberosky (1989) observaram que as crianças com as quais trabalharam consideravam, ao interpretar palavras, que a escrita era uma "etiqueta do desenho", isto é, estava escrito exatamente o que se via no desenho. Consideramos que é possível que isso ocorra, principalmente, porque muitas atividades realizadas na sala de aula permitem que as crianças percebam a escrita como uma etiqueta dos desenhos, e o tipo de instrumento de pesquisa usado por essas pesquisadoras conduzia a esse tipo de resposta.

No estudo realizado, verificamos que as crianças também definiram que o texto escrito estava desenhado. No entanto, quando foram estimuladas a interpretar a escrita, faziam isso apontando as letras, e, desse modo, o desenho não é uma etiqueta, mas um elemento que ajuda a concretizar o ato de leitura, que não poderia ser concretizado se não fosse por essa via.

Analisemos, por exemplo, a entrevista com Rita, durante o segundo momento do trabalho. Ela afirmou que os desenhos a ajudariam a saber o que havia escrito. Nesse caso, o desenho auxilia o desenvolvimento da atividade.

> P: O que você está vendo?
> C: Tô vendo um menino olhando um peixe num pé de árvore.
> P: Para que servem os desenhos?
> C: Não sei.
> P: Pensa um pouco.
> C: Pra quando a pessoa for ler, ela não vai saber. Por isso que ele tem que desenhar.
> P: O que você acha que está escrito?
> C: O menino tá olhando o peixe no pé da árvore.
> P: Como você sabe?
> C: Eu sei, por causa dos desenhos.
> P: Onde você acha que está escrito isso que você falou?
> C: Aqui. (Aponta uma palavra no final do texto.)
> P: O que está escrito?
> C: O menino tá olhando (interrompe a leitura). O menino.

Para Rita, os desenhos serviam para ajudá-la a interpretar a escrita. No momento em que lhe pedimos para mostrar onde leu, apontou uma única palavra no final do texto. Mas ela mesma percebeu que uma palavra não poderia expressar tudo que havia dito e, por isso, interrompeu a leitura e disse que estava escrito apenas "o menino".

4. Os desenhos servem para realizar as atividades propostas pela professora

Esta categoria de análise é muito interessante, pois nos remete às formas como são utilizados os desenhos, pelas crianças, na sala de aula, e como tais formas estão relacionadas com as atividades produzidas pelas crianças durante a pesquisa.

Para Leontiev, "para que a criança reflicta os fenómenos na sua qualidade específica – na sua significação – deve efetuar em relação a ela uma actividade conforme à actividade humana que eles concretizam, que eles objectivam" (1978, p. 183). Isso significa que, para a criança se apropriar do significado da escrita, como signos que permitem recordar e registrar conteúdos e a relação com outras pessoas, torna-se necessária a criação/recriação, nas salas de aula de alfabetização, de condições nas quais possa ser reconstruída a atividade humana que nela se objetiva. No entanto, como podemos observar, as respostas das crianças demonstraram como a atividade de escrita na sala de aula fica muitas vezes reduzida "a escrever sobre desenhos".

As respostas de algumas crianças demonstram isso:

P: Para que servem os desenhos que você está vendo?
Stela: Pra desenhar, pra pintar.
Ursula: Pra tia dar pros alunos.
Stevão: Pra pintar, pra poder escrever ou então a gente pode pegar uma folha e fazer o nosso próprio desenho

e pintar... Nos desenhos a gente escreve as coisas que a professora manda.
Rita: Pra pintar, só.
Rafael: Pra gente estudar sobre eles, pra escrever.
Patrick: Serve pra pintar com lápis de cor.

    O desenho se relaciona à escrita, porque também, na escola, são utilizadas técnicas de ensino em que o desenho é usado como estratégia para ensinar a ler e a escrever. O desenho é algo sobre o qual se podem escrever nomes, frases e histórias. Tradicionalmente, as cartilhas de alfabetização conduzem as lições partindo de uma palavra-chave, sílaba ou letra, acompanhadas de um desenho que serve como elemento auxiliar, para as crianças recordarem a palavra, família silábica ou letras estudadas. O desenho é usado, nesse sentido, como artifício para a memória. Assim, as práticas de alfabetização reforçam a relação desenho/escrita. O desenho é um elemento visual que ajudará a criança a recordar as formas das letras e as palavras que devem ser memorizadas.

    É interessante ressaltar que, para as crianças se apropriarem da leitura e da escrita, é necessária a reconstrução, na sala de aula, das ações motoras e das operações mentais que estão na base dos conhecimentos (escrita), constituídos historicamente pelos homens, em constante interação com a sua significação social. Entretanto, como vemos, as práticas sociais de alfabetização não criam as condições necessárias para a apropriação da escrita. Pelo contrário, artificializam as condições e, dessa forma, a atividade se impõe como um hábito e não como necessária à vida dos indivíduos.

    Durante o segundo momento do trabalho, observamos respostas interessantes e variadas. O maior número de respostas expressava que os desenhos "serviam para pintar" (11 crianças). Descreveremos detalhadamente algumas entrevistas realizadas com as crianças, para mostrar a variedade de respostas obtidas.

Entrevista com Daniele:

P: O que você está vendo?
C: Um desenho e umas letras.
P: Para que servem os desenhos?
C: Pra pintar... pra ler.
P: Por que você acha que os desenhos servem para ler?
C: As letras é que servem.
P: O que você acha que está escrito?
C: (Lê baixinho.)
P: Leia para que eu possa ouvir.
C: Peixe. (Faz uma leitura sussurrada.)
P: O que você leu?
C: Aqui está escrito peixe? (Aponta o título do texto.)
P: É.
C: Can-tor. (Lê pausadamente.)
P: De que você acha que fala a história?
C: Do peixe.
P: O que você está vendo em cima da árvore?
C: Eu não tenho idéia.
P: O que mais pode estar escrito?
C: O que o peixe faz, onde o peixe vive.

Como pode ser observado, Daniele interpretou o título do texto. Porém, mesmo sabendo que a história falava de um peixe, afirmou "não ter idéia do que se encontrava em cima da árvore". Ao assinalar que o texto tratava sobre o "que o peixe faz e onde vive", demonstrou não admitir que o desenhado estava escrito. Ela se relacionou com a escrita para antecipar o que pode estar expresso no texto. Desse modo, a escrita passa a ser o meio da atividade de leitura. A antecipação do que poderia estar escrito foi baseada na interpretação do título, porque considerava que as imagens não retratavam a realidade.

A entrevista com Daniele demonstra como os conhecimentos sobre a escrita, aprendidos na sala de aula, provocam mudanças na sua conduta. Decididamente, tais mudanças não implicam renúncia ao sentido. A aprendizagem de conceitos científicos, segundo Vigotski, "fornece estrutura para o desenvolvimento ascendente dos conceitos espontâneos da criança em relação à consciência e ao uso deliberado" (1989b, p. 94).

Vejamos, ainda, a entrevista com Chrystian:

P: O que você está vendo?
C: Um garoto sentado numa árvore e um peixe em cima da árvore.
P: Para que servem os desenhos?
C: Desenha pra depois pintar.
P: O que você acha que está escrito?
C: Eu não sei.
P: Tem algum jeito de você saber o que está escrito?
C: Não.
P: E se você olhar nos desenhos?
C: Não dá pra saber.

Também para Chrystian os desenhos não traduziam o texto escrito e, por isso, se negou a realizar a atividade. Para saber o que estava escrito, era preciso ler na escrita, e ele ainda não dominava a linguagem escrita.

Porém, algo diferente ocorreu com Daniel, pois, mesmo tendo definido que os desenhos serviam para pintar, diferentemente de Daniele, realizou a atividade, por meio dos desenhos. Inicialmente, relutou em admitir que havia olhado nos desenhos, demonstrando estar consciente de que não era adequado à leitura. Entretanto, não lhe restou outra alternativa, pois não tinha ainda conhecimentos suficientes para ler o texto escrito. Vejamos:

P: O que você está vendo?
C: Um menino.
P: O que mais?
C: Um menino olhando pro peixe.
P: Para que servem os desenhos?

C: Pra gente pintar.
P: O que você acha que está escrito?
C: O menino olhando o peixe.
P: Como você sabe?
C: Eu vi aqui. (Aponta as letras.)
P: Você viu só nas letras?
C: Só.
P: E nos desenhos?
C: Olhei.
P: Onde está escrito peixe?
C: Peixe. (Aponta globalmente o texto.)

Essa conduta é interessante e demonstra como a atividade produzida pela aprendizagem de aspectos externos da leitura se relaciona com os conceitos científicos aprendidos na escola.

As respostas obtidas se assemelham àquelas sintetizadas em outras categorias de análise e nos permitem realizar algumas sistematizações. A partir das entrevistas realizadas, podemos concluir que as crianças, no decorrer do processo de apropriação da leitura e da escrita, produzem atividade de leitura, utilizando os desenhos como meios para efetuá-la. O tipo de antecipação feita pelas crianças pode retratar apenas elementos presentes nos desenhos ou pode extrapolar os elementos expressos por intermédio deles. Nem sempre as antecipações estão desligadas do decifrado, pois as crianças buscaram confirmação das antecipações na escrita, principalmente, mostrando as letras iniciais de algumas palavras. À medida que as crianças experimentam situações escolares de leitura e de escrita, compreendem que a leitura é efetuada por meio do texto escrito e não por meio dos desenhos. Desse modo, confirmamos as observações de Vigotski (1989b) quanto ao desenvolvimento de conceitos na criança. Este é um processo unitário "que é afetado por condições externas e internas, [...] e não um conflito entre formas de intelecção antagônicas e mutuamente exclusivas" (p. 74).

A ênfase atribuída por Ferreiro & Teberosky (1989) à atividade cognitiva interna, aparentemente espontânea, as impede de analisar as relações entre as primeiras tentativas de leitura das crianças por intermédio dos desenhos e as formas complexas de leitura ensinadas na sala de aula (por intermédio do sistema alfabético) e de perceber que ambas têm origem nas mediações, ou seja, nas relações das crianças com outras pessoas.

A aprendizagem de um sistema lingüístico que não representa e não expressa diretamente os objetos produz mudanças nas formas de leitura inicialmente elaboradas pela criança. Segundo Vigotski, a apropriação de um "nível mais elevado na esfera dos conceitos científicos [...] eleva o nível dos conceitos espontâneos. Uma vez que a criança já atingiu a consciência e o controle de um tipo de conceitos, todos os conceitos anteriormente formados são reconstruídos da mesma forma" (1989b, p. 92).

5. Os desenhos servem para conferir a leitura

Erika disse que os desenhos serviam para conferir a leitura realizada. Vejamos:

(Antes de ser questionada, inicia a leitura do texto.)

P: Para que servem esses desenhos?
C: Pra gente ver. E pra, por exemplo, a gente lê certo. Aqui tem um desenho que pode mostrar se a gente lê certo. A gente acha que não é, no desenho é a mesma coisa. Só que o desenho é desenho e a letra é uma palavra.
P: Você falou que o desenho serve pra gente saber se leu certo?
C: Só pra isso não. O desenho, também, se a gente quiser desenhar pra aprender. Serve pra um monte de coisa.
P: E como os desenhos podem mostrar se a gente leu certo?

C: Peixe, a gente pode não saber, mas com o desenho a gente pode saber o que é. O desenho mostra.
P: Quando você não entende uma história você olha nos desenhos?
C: Olho e também pergunto pra minha mãe.

Dessa forma, observamos que, mesmo tendo aprendido a usar a escrita para realizar a atividade de leitura, Erika reconheceu que os desenhos podiam mostrar o que estava escrito. Em outras palavras, reafirmou o papel do desenho como elemento que possibilita concretizar o ato de leitura.

A partir do que foi exposto, podemos concluir as análises. Para tal, descreveremos os estudos elaborados por Luria (1988) acerca do desenvolvimento da escrita nas crianças, pois isso fornecerá alguns elementos para concluirmos a análise.

Os resultados obtidos por Luria em seu trabalho basearam-se nas análises de informações que foram obtidas por meio de experimentos que consistiam em dar "a uma criança que não sabia ler e escrever a tarefa de relembrar um certo número de sentenças que lhe tinham sido apresentadas" (p. 147).

Desse modo, Luria conseguiu observar a pré-história da escrita nas crianças, descrevendo *um caminho de gradual diferenciação dos símbolos usados*. Assim, os experimentos realizados por esse autor o autorizam a afirmar que o desenvolvimento da escrita na criança passa por um longo processo que se inicia pelo uso de "linhas e rabiscos [que mais tarde] são substituídos por figuras e imagens, e estas dão lugar a signos" (p. 161).

Interessa-nos diretamente, nos estudos de Luria, observar como as crianças utilizam os desenhos como forma de escrita no decorrer do desenvolvimento. Este momento foi denominado *fase pictográfica* e representa, segundo o referido autor, o primeiro passo rumo à escrita expressiva, isto é, a escrita como meio de expressão de algum conteúdo particular. O desenho transforma-se em um meio para recordar, e, assim, todo o processo de recordação passa a ser mediado pelo desenho.

Nesse processo, escrever é desenhar, pois, desenhando, a criança é capaz de reproduzir algumas características do conteúdo anotado e, dessa forma, lembrar os significados anotados. O desenho adquire, de acordo com Luria, uma nova função, pois, além de ser *uma brincadeira*, passa a ser usado como forma de registro.

Ainda segundo esse autor, quando a criança inicia o processo de escolarização, estabelece-se a fronteira entre as formas primitivas de registro, de caráter espontâneo, e as formas culturais que são propiciadas na escola. Desse modo, ela aprende que usamos letras para escrever e começa, então, a dominar o traçado de algumas delas. No entanto, isso ainda não a habilita a ler, e, por isso, a criança utiliza outros elementos gráficos que aparecem junto à escrita para realizar a atividade de leitura.

Isso significa que, mesmo tendo superado o desenho como forma de registro, este passa a ter um papel fundamental na atividade de leitura. O desenho se torna um meio da atividade de leitura. Dessa forma, podemos assinalar, assim como Luria, que o processo de desenvolvimento da leitura e da escrita não segue uma linha reta, mas é um processo em que interagem antigas e novas formas de desenvolvimento, um processo contínuo de superação de antigas formas de comportamento, pois estas continuam a existir em outros momentos *numa nova qualidade*.

Os atos de leitura de caráter imitativo dependem das experiências das crianças. Tais atos podem se reduzir a denominações de elementos isolados dos desenhos, podem traduzir situações expressas nos desenhos ou podem extrapolar o que expressam os desenhos.

Também é importante ressaltar que, apesar de o desenho possibilitar a realização da leitura, a partir das primeiras apropriações que ocorrem na escola, a criança busca também confirmar as antecipações feitas na escrita.

Assim, podemos concluir que a forma como a criança se relaciona com o desenho, nas condições estudadas, é diferente da forma como ela se relaciona com o desenho na fase pré-escolar, isto é, na fase estudada por Luria, o desenho é portador de um conteúdo próprio e se coloca no lugar desse conteúdo representando-o. Na fase escolar, ele possibilita concretizar o ato de leitura, e as crianças sabem que as letras são usadas para escrever.

Consideramos, inicialmente, que a atividade de leitura da criança é baseada na apropriação de aspectos externos da leitura. As novas formas de aprendizagem provocam mudanças nesse tipo de atividade. A primeira mudança se refere ao fato de a criança perceber que o desenho não é o meio adequado à atividade de leitura e, assim, buscar articular o que está desenhado com as escritas. Observamos, também, que as crianças tentam interagir com a escrita para realizar a atividade de ler, mas, como o decifrado não expressa as qualidades da atividade de leitura, elas retomam a antiga forma de comportamento. Algumas crianças se negavam a interpretar a escrita, quando solicitadas a realizar a atividade, pois sabiam que ainda não tinham os conhecimentos necessários para efetuar a leitura.

Após o que foi exposto, é possível estabelecer algumas comparações com o trabalho desenvolvido por Ferreiro & Teberosky (1989). Primeiramente, consideramos que não há um ordenamento genético para a relação letras e imagem como pretenderam as pesquisadoras com as classificações estabelecidas. O desenvolvimento infantil e, conseqüentemente, o desenvolvimento de qualquer função psicológica superior, depende das condições sócio-históricas em que ocorre o desenvolvimento, e essas condições determinam o rumo do desenvolvimento.

O ordenamento proposto pelas pesquisadoras impede que se perceba o movimento entre as formas de atividades elaboradas inicialmente pela criança (por intermédio dos desenhos) e as formas culturais apropriadas na escola. É como se ambas existissem separadamente, ora com ênfase no decifrado, ora com ênfase no sentido, por meio das imagens. As crianças que participaram do estudo compreendiam desde o início que o texto escrito "serve para ser lido", e só criam textos a partir dos desenhos porque não têm o domínio da linguagem escrita.

Também a partir de nossas observações, não percebemos essa oscilação de ênfase. O que muda durante o desenvolvimento da leitura e da escrita nas crianças são os signos usados para concretizar a atividade de leitura. Inicialmente o desenho e, após, acúmulos graduais de como funciona a escrita fazem com que ela própria (a escrita) se torne um meio da atividade de leitura. O que difere as duas atividades é o fato de a segunda implicar a apropriação de operações mentais que estão na base da aprendizagem da escrita construída historicamente.

Assim, é necessário destacar que, mesmo que tenhamos observado algumas semelhanças nos resultados obtidos neste estudo e nos desenvolvidos por Ferreiro & Teberosky, as explicações que atribuímos aos fenômenos são diferentes. A ênfase dada às tentativas de interpretação, com base nos desenhos (ênfase no sentido), impede as autoras de perceberem que essa atividade traduz aspectos fenomênicos da atividade de leitura.

Para concluir, também foi possível observar, tendo em vista as entrevistas realizadas, que as atividades de escrita desenvolvidas na sala de aula de alfabetização reconstituem apenas parcialmente a atividade humana, construída social e historicamente, objetivada neste sistema.

Segundo Leontiev, "a apropriação é um processo que tem por resultado a *reprodução* pelo indivíduo de caracteres, faculdades e modos de comportamento humanos formados historicamente [...] é o processo graças ao qual se produz na criança o que, no animal, é devido à hereditariedade: a transmissão ao indivíduo das aquisições da espécie" (1978, p. 320). Para que os indivíduos possam se apropriar do conhecimento historicamente acumulado, é necessário, conforme foi mencionado, que as operações e as ações que estão na base desses conhecimentos sejam reconstruídas em constante interdependência com a significação social da escrita. Em relação à produção de escrita, seria necessário que fossem reconstruídas as relações entre sons e letras, bem como as suas funções sociais: a individual e a comunicativa. Dessa forma, seria necessário aprender a ler e a escrever, lendo e escrevendo.

A função individual da escrita se "estabelece [...] quando a escrita é feita para si, utilizada como recurso de memória (coisas para lembrar), de auto-organização (coisas para orientar) ou de fruição (coisas para expressar)" (Góes e Smolka, 1992, p. 68). A função comunicativa se relaciona ao fato de que a escrita é sempre dirigida a um destinatário, a um interlocutor, e tem por objetivo "inter-agir" com e sobre o outro.

Porém, como vimos, as atividades de escrita se restringem, muitas vezes, a escrever sobre desenhos (copiar, escrever nomes, escrever vogais, escrever histórias, etc.). Desse modo, as crianças não se apropriam da atividade humana encarnada nesse objeto, mas adquirem um novo hábito que não produz o desenvolvimento da humanidade.

Os resultados dos estudos realizados comprovaram que as crianças, no início de um processo formal de alfabetização, e a partir da atividade comum com outras pessoas, dominam aspectos externos e aparentes da atividade de leitura. Desse modo, a atividade que possibilitou a produção de leitura a partir dos desenhos é também construída e se forma nas crianças mediante as relações estabelecidas com outras pessoas em um contexto histórico. Ou, segundo Leontiev, "para fazer seus os *seus* meios, as *suas* aptidões, o *seu* saber-fazer o homem deve entrar em relação com os outros homens e com a realidade humana material" [*grifos do autor*] (1978, p. 173), pois são essas as condições básicas para que as apropriações ocorram, isto é, são essas as condições para a aquisição de conhecimento.

A relação da criança com o mundo material é sempre intermediada por outras pessoas. Ou, em outras palavras, uma atividade humana só se forma noutro da mesma espécie "pela comunicação prática e verbal com as pessoas que as rodeiam na actividade comum com elas" (Leontiev, 1978, p. 223). E isso equivale, como constatamos, tanto para as atividades que se formam, inicialmente, nas crianças quanto para aquelas que se formarão, posteriormente, a partir da aprendizagem de como funciona a linguagem escrita. Desse modo, "o processo de comunicação é [...] um processo de educação" (p. 270).

Capítulo 5 **A origem dos princípios de legibilidade da escrita**

No capítulo anterior, analisamos o papel do desenho no processo de apropriação da leitura e da escrita. Concluímos que, ao longo do desenvolvimento desse processo, o desenho possui um papel fundamental, pois possibilita que a criança realize a atividade de leitura.

Neste capítulo, analisaremos as atividades realizadas pelas crianças, em dois momentos do ano letivo, cujo principal objetivo foi analisar os princípios de *variedade mínima de letras* e *quantidade mínima de letras,* estudados por Ferreiro & Teberosky (1989) como condição para que uma escrita seja interpretável.

Em cada um dos momentos da pesquisa, as crianças analisaram três instrumentos de pesquisa. O primeiro consistia em um "pseudotexto" com desenhos. Assim, foram escritas, numa folha de papel, letras do alfabeto, obedecendo aos aspectos formais para a escrita de um texto. Porém, todas as "palavras" escolhidas tinham a mesma letra. O segundo instrumento foi o mesmo empregado nas atividades discutidas no capítulo anterior. E o terceiro instrumento consistia, assim como o primeiro, em um "pseudotexto" com desenhos. As letras foram organizadas obedecendo aos mesmos aspectos formais para a escrita de um texto, no entanto, as palavras, neste caso, possuíam uma ou duas letras diferentes. No segundo momento do trabalho, foram utilizados os mesmos instrumentos de pesquisa. Entretanto, foram mantidas apenas as escritas, sendo retirados os desenhos.

Após as crianças observarem os três instrumentos, iniciávamos uma conversa com elas com o objetivo de explorar se o escrito contido na folha de papel "servia para ser lido" e, também, de identificar as justificativas apresentadas pelas crianças para a resposta dada à primeira pergunta. Assim, nos dois momentos do trabalho, perguntamos a cada sujeito, individualmente, se "as escritas contidas nos instrumentos de pesquisa serviam para ser lidas" e também pedimos que justificassem a resposta dada a essa pergunta. As justificativas apresentadas nos permitiram identificar os princípios em que se baseavam as crianças para definir a legibilidade do escrito e sustentar o pressuposto básico do estudo – a apropriação da escrita na escola não pode ser definida por meio de estágios que se desenvolvem em uma linha reta e gradual, independentemente das condições sócio-históricas concretas em que se desenvolve a apropriação da leitura e da escrita pelas crianças, pois estas são as bases para a formação de processos cognitivos.

Primeiramente, sintetizaremos as principais conclusões de Ferreiro & Teberosky (1989) sobre os aspectos formais que uma escrita deve possuir para permitir um ato de leitura. Em seguida, analisaremos os resultados das nossas investigações.

A partir dos estudos realizados, as autoras observaram que as crianças estabeleciam dois princípios primordiais para definirem se uma escrita "serve para ser lida". São eles: "quantidade suficiente de letras" e "variedade de caracteres". Uma escrita, para ser lida, deve possuir uma quantidade de letras que varia entre duas e quatro, e que, na maioria das vezes, se situa em três letras, isto é, escritas com uma ou duas letras não "servem para ser lidas". Também escritas em que as letras não são variadas "não servem para ser lidas".

Segundo Ferreiro & Teberosky (1989), a tarefa que lhes permitiu evidenciar o princípio de "quantidade suficiente de letras" foi a seguinte: "Apresentamos às crianças cartões com uma letra, com duas letras (formando sílabas ou palavras corretas), com três letras (idem), etc. A palavra mais longa constava de nove letras." Foram usados também cartões que continham numerais. Durante os experimentos desenvolvidos, as crianças trabalharam com 15 a 20 cartões para que pudessem classificar, segundo os critérios estabelecidos pelas pesquisadoras, quais cartões "serviam para ser lidos" e quais "não serviam para ser lidos". Desse modo, as crianças deveriam proceder a uma classificação com base nos critérios apresentados.

A tarefa que lhes permitiu evidenciar o segundo princípio, "variedade de caracteres", consistiu em propiciar que as crianças comparassem exemplos de escritas em que era utilizada a mesma letra para escrever uma palavra e exemplos de escritas que formavam palavras corretas. Os critérios apresentados às crianças para procederem à classificação foram os mesmos da tarefa anterior.

Ferreiro (1995) assinala que, no processo de evolução da escrita nas crianças, as hipóteses de "quantidade mínima de letras" e "variedade de letras" aparecem, após o momento em que as crianças conseguem descobrir como o desenhar e o escrever se relacionam. "O que é resolvido com o seguinte princípio de organização: as letras são utilizadas para representar uma propriedade do mundo [...] que o desenho é incapaz de reproduzir (por exemplo, nomes)" (p. 27).

Os princípios de quantidade e variedade de letras são o resultado da busca da criança em definir "as condições sob as quais um escrito será uma boa representação do objeto – será 'interpretável', 'legível', 'serve para dizer algo'" (Ferreiro, 1995, p. 27). Esses princípios são, para essa pesquisadora, reguladores do desenvolvimento da leitura e da escrita na criança.

Os experimentos que realizamos diferem daqueles de Ferreiro e Teberosky sob os seguintes aspectos: primeiro, usamos instrumentos de pesquisa que continham texto e "pseudotextos" com imagens (figuras) e sem imagens para que a criança definisse se as escritas neles contidas "serviam para ser lidas"; segundo, não oferecemos os critérios para que se procedesse a uma classificação dos instrumentos de pesquisa, apenas perguntamos "se as escritas serviam para ser lidas".

A utilização de textos e "pseudotextos" teve grande importância, pois esses instrumentos, aliados ao modo como o trabalho foi conduzido, nos permitiram observar se os critérios estabelecidos por Ferreiro e Teberosky para que as crianças procedessem à classificação eram os únicos possíveis e, portanto, se eram os únicos pensados pelas crianças.

As respostas expressam as concepções das crianças quanto à legibilidade de um escrito. Como veremos, elas não se restringem aos critérios estabelecidos por Ferreiro & Teberosky (1989). Porém, mesmo quando as crianças emitiram respostas usando os critérios "servir para ser lida" e "não servir para ser lida", as justificativas para essas respostas não eram atribuídas somente aos aspectos formais da escrita, isto é, aos princípios de quantidade e variedade de letras.

1. Princípios de quantidade e variedade de letras

Descreveremos as informações obtidas a partir das análises efetuadas pelas crianças do primeiro instrumento de pesquisa (com base no princípio de não variedade de letras), nos dois momentos do trabalho. Assim, ao serem questionadas se as escritas contidas nos instrumentos "serviam para ser lidas", enunciaram as respostas: servem para ser lidas; não servem para ser lidas; servem para aprender a ler e a escrever.

Observamos que a maioria das crianças, no primeiro momento do trabalho, definiu que as escritas contidas no primeiro instrumento de pesquisa (pseudotexto sem variação das letras das palavras) "serviam para ser lidas". Isso nos pareceu surpreendente, principalmente porque verificamos que as crianças perceberam como a escrita estava organizada. No entanto, essa observação não as levou a admitir que as escritas não possibilitavam o ato de leitura. Investigamos, então, as justificativas apresentadas pelos sujeitos para as respostas dadas ao primeiro questionamento, pois essas justificativas poderiam nos ajudar a compreender os princípios em que as crianças se basearam para enunciar as respostas.

1.1 O escrito serve para ser lido

As crianças que responderam que as escritas "serviam para ser lidas" enunciaram as justificativas: a) porque servem para aprender a ler e a escrever; b) porque está escrito o que se vê nos desenhos; c) porque tem algo escrito; d) porque é igual ao segundo instrumento; e) porque tem letras diferentes; f) porque serve para formar palavras.

As justificativas escritas nos itens **a** e **c** foram enunciadas a partir da análise dos primeiros instrumentos utilizados na primeira e segunda fase do trabalho; a justificativa escrita no item **b** foi enunciada apenas na primeira fase da pesquisa, porque os instrumentos continham escrita e imagens; as justificativas escritas nos itens **d**, **e**, **f** foram enunciadas somente na segunda fase do trabalho.

A primeira justificativa apresentada pelas crianças – as escritas servem para ser lidas, porque servem *para aprender a ler e a escrever* – é muito interessante, porque foi possível observar, por meio dela, que as escritas serviam para ser lidas, porque eram essas as letras usadas para aprender a ler e a escrever. Durante o período inicial de alfabetização, é dada, tanto para ler como para escrever, uma série de letras iguais. Essas atividades têm por objetivo a memorização das formas das letras. Além disso, segmentos gráficos contendo duas letras são usados durante todo o processo de alfabetização dessas crianças. A sílaba era a unidade básica para ensinar a leitura e a escrita. Por isso, as crianças consideravam que as escritas serviam para ser lidas.

Desse modo, os processos que se formam nas crianças resultam das apropriações efetivadas a partir das atividades de leitura e escrita realizadas durante a alfabetização. Provavelmente, não teríamos observado essa justificativa, se as crianças não estivessem sendo expostas a um processo de alfabetização no qual a unidade básica para o ensino da escrita não fosse a sílaba.

Assim, as relações das crianças com a escrita são mediadas pelas pessoas, que as ensinam a ler e a escrever. Segundo Leontiev (1978), como a criança não está sozinha no mundo, a sua relação com o mundo criado pelos homens (idéias, conhecimentos, instrumentos, etc.) se efetua por intermédio de outras pessoas. Entretanto, a necessidade da relação com outras pessoas para que os indivíduos possam se apropriar dos conhecimentos e a sua complexificação resultam na fragmentação do processo de aprendizagem.

É necessário que sejam efetuadas com relação à escrita "atividades adequadas" que integrem a prática social humana cristalizada nesse conhecimento. Contudo, a apropriação no interior de algumas práticas sociais de alfabetização possibilita que as crianças se objetivem na linguagem escrita de forma fragmentada e, dessa forma, se alienem da finalidade da atividade escolar.

É importante enfatizar que as crianças não se detiveram nos aspectos formais da escrita, isto é, na não-variedade e na não-quantidade de letras, para justificar a resposta, mas consideraram que as escritas usadas na sala de aula, durante o processo de alfabetização, serviam para ser lidas.

P: Essas escritas servem para serem lidas?
Rafael: Serve.
P: Por que você acha que servem para serem lidas?
Rafael: Porque é pra gente aprender a ler.

Assim, com base nas justificativas apresentadas pelos sujeitos, obtivemos os primeiros elementos empíricos para confirmar a hipótese básica do estudo – o desenvolvimento das funções psicológicas culturais depende das condições sócio-históricas concretas em que o desenvolvimento ocorre. Sendo assim, o modo como é organizado o ensino, isto é, as condições em que ocorre a aprendizagem, influencia as respostas das crianças e, portanto, os critérios construídos para definirem a legibilidade do escrito. As crianças definiram que as escritas serviam para ser lidas, porque, durante as atividades escolares, os professores planejam atividades de interpretação e cópia de seqüências com uma e duas letras. Desse modo, a origem da definição por parte da criança da legibilidade da escrita está relacionada aos conhecimentos aprendidos e, portanto, com a forma como a escrita é trabalhada na escola.

No capítulo 3, dissemos que a linguagem escrita é um conhecimento criado ao longo de um processo sócio-histórico. Assim, ela objetiva a atividade de gerações passadas. Segundo Duarte, "a relação entre o indivíduo e o gênero humano sempre se realiza no interior das relações concretas e históricas nas quais cada homem se insere" (1993, p. 111). Quando as crianças, na escola, se apropriam da linguagem escrita, elas estão imersas em relações histórico-sociais concretas que medeiam a apropriação de um produto da atividade humana (a escrita). Entretanto, ao mesmo tempo que essas relações se tornam a base para a apropriação e, portanto, a base para a humanização, para a construção do gênero humano, elas também geram a alienação da atividade. A alienação, segundo Leontiev (1978), resulta que "o conteúdo objectivo da actividade não concorda [...] com seu conteúdo subjectivo, isto é, com aquilo que ela é para o próprio homem".

As respostas evidenciam, dessa forma, o quanto a alfabetização tem sido um processo alienado da atividade de leitura e de escrita. A apropriação de uma atividade construída historicamente requer que as ações concretizadas no objeto da atividade sejam reconstruídas. Porém, as ações que as crianças realizam na escola em relação à escrita dissociam-se cada vez mais da atividade correspondente. Para Leontiev (1978, p. 77), as ações são os "processos em que o objeto e o motivo não coincidem". Essa dissociação é resultado das transformações produzidas pelo próprio homem na linguagem escrita, que se caracteriza pela complexificação desse conhecimento. Assim, na atividade de escrever e ler, estão intrincadas operações que tornam obscuras a relação entre a ação e a atividade. A decomposição do processo de aprendizagem em ações que têm um fim em si mesmas é o que produz nas crianças uma visão fragmentada da atividade de ler e escrever.

Nesse sentido, os exercícios de cópia e de interpretação de letras e sílabas estão dirigidos apenas para a memorização das formas desses componentes. Mesmo que a memorização das formas das letras, das sílabas e de seus correspondentes sonoros seja necessária ao processo de apropriação, pois retrata a forma objetiva que a escrita assumiu ao longo de sua construção, esse aprendizado não pode estar desvinculado da atividade de ler e escrever. Logo, a aprendizagem tem que ser orientada de modo que as crianças possam compreender a relação entre conhecer as formas das letras e a finalidade dessa atividade (ler e escrever).

As crianças também disseram que as escritas podiam ser lidas, porque (b) *estava escrito o que podia ser observado nos desenhos*. Isso também nos conduz à análise das práticas escolares, pois essa resposta se baseia nas experiências que as crianças têm com a escrita na escola, por intermédio da leitura de textos com ilustração, como, por exemplo, dos livros de histórias infantis, textos ilustrados (poesias, narrativas), etc. Para essas crianças, as imagens são signos que possibilitam a atividade de leitura. Por isso, a presença de imagens indica que existe algo para ser lido, a legibilidade do escrito.

Essa justificativa ocorreu apenas no primeiro momento do trabalho pelo fato de os instrumentos de pesquisa usados durante esse momento conterem desenhos e os instrumentos de pesquisa usados no segundo momento não os conterem. Vejamos:

> P: Você acha que essas escritas servem para serem lidas?
> Priscila: Serve.
> P: Por que você acha que servem para serem lidas?
> Priscila: Porque, porque aquilo daqui (mostra os desenhos), a gente lê tudinho o que está aqui (mostra as escritas).

Assim, a criança não considera os aspectos formais do escrito para definir a legibilidade. O fato de haver desenhos reproduzidos numa folha de papel é suficiente para que exista algo a ser lido.

As crianças também disseram que as escritas serviam para ser lidas, porque (c) *havia algo escrito*, ou seja, o fato de existirem letras grafadas numa folha de papel é suficiente para que fossem lidas, independentemente da sua organização.

> P: Você acha que essas escritas servem para serem lidas?
> Heverton: Acho que serve.
> P: Por que você acha que servem para serem lidas?
> Heverton: Porque tem um monte de letra.
> P: Um monte de letra como?
> Heverton: Tem BBB, GGG.
> P: Quando tem esse monte de letra igual serve para ser lida?
> Heverton: Serve.
> P: Por quê?
> Heverton: Porque tem letra.
> P: O que você acha que está escrito?
> Heverton: Não sei. O a, a, a, b, b, b.

Como mencionamos, as crianças demonstraram, a partir das justificativas apresentadas, que o fato de haver letras

capítulo 5 • **95**

numa folha de papel é suficiente para que possam ser lidas. Não acreditamos que essas justificativas decorram de uma falta de percepção das indiferenciações e da ausência de quantidade de letras na escrita. Tanto isso não ocorreu que, no exemplo acima, a criança decodificou as letras. Tendo em vista a resposta elaborada, concluímos que o modo como a escrita é utilizada, na sala de aula, influencia também essas respostas.

As crianças que responderam que as escritas "serviam para ser lidas" não consideraram os aspectos formais da escrita para definir se possibilitava um ato de leitura. Os princípios para definição da legibilidade têm origem nas práticas escolares de alfabetização, isto é, no modo como a criança se relaciona com a escrita na escola, por meio da ação dos professores que conduzem o processo de ensino-aprendizagem.

Para Ferreiro & Teberosky (1989), são os aspectos formais do escrito que possibilitam que as crianças definam um ato de leitura. Não foi isso que constatamos, a partir das justificativas das crianças. Consideramos que a explicação das pesquisadoras nega o caráter mediado das apropriações, pois a definição da legibilidade de um escrito pela criança está intimamente relacionada com o modo como a aprendizagem é orientada e, assim, com o modo como a escrita é utilizada na sala de aula.

As análises anteriores conduzem à consideração de que a criança, durante o processo de alfabetização, tem que realizar um esforço maior no sentido de compreender que as escritas usadas para aprender, e que obviamente deveriam servir para ler, na realidade são utilizadas apenas com o objetivo de aprender e, por isso, não servem para ser lidas.

O processo de alfabetização, historicamente, é sustentado por uma concepção de aprendizagem da linguagem escrita fundamentada na visão de que existe um período preparatório para o ensino da leitura e da escrita. Nesse período, a ênfase é para o desenvolvimento de habilidades perceptivas e motoras consideradas requisitos para a aprendizagem. Desse modo, a atividade de leitura e escrita que a criança realiza é fragmentada, durante a fase inicial de alfabetização, e, por isso, as concepções elaboradas são fragmentadas.

A entrevista com Erika demonstra que ela compreendeu a diferença entre a escrita para realizar atividades na escola e a escrita para ser lida.

P: Você acha que essas escritas servem para serem lidas?
Erika: Não, porque tá tudo assim MMM, TTT. Até que serve para ler, se a gente juntar as palavras. Se junta o C com o A, dá CA. O Z com o A dá ZA. Não! É o S e o A e dá CASA.
P: E do jeito que está escrito, serve para ser lido?
Erika: Não. Serve pra juntar as palavras, pra poder copiar no quadro, pra fazer um monte de coisa.

Assim, as ações realizadas pelas crianças em relação à escrita, durante o processo inicial de alfabetização, são fragmentadas e, em decorrência, as concepções das crianças estão desintegradas dos objetivos das atividades desenvolvidas. Como se dá a fragmentação das atividades humanas? Por que as ações realizadas na escola têm um fim em si mesmas? Para compreendermos tal fragmentação, precisamos analisar como historicamente a atividade humana foi sendo transformada.

Segundo Leontiev (1978), a atividade humana primitiva se caracterizava pela *coincidência dos sentidos e das significações*. Com a desagregação do regime das comunidades primitivas e da

> ... complexificação das operações de trabalho e dos instrumentos [...] a produção exige cada vez mais, de cada trabalhador, um sistema de acções subordinadas umas às outras e, por consequência, um sistema de fins conscientes que por outro lado entram num processo único, numa acção complexa única (p. 103).

Se, por um lado, isso provoca o desenvolvimento da consciência, no interior de determinadas relações, o sentido e o significado das atividades se tornam alienados. Assim, a separação entre as ações e os motivos tem origem no desenvolvimento e complexificação da atividade humana (teórica e prática). No interior de relações sociais alienantes, tanto a atividade quanto o produto da atividade se transformam em algo diferente daquilo que realmente representam para cada indivíduo. É "sob determinadas relações sociais que o significado e o sentido das ações [se dissociam] [...] quase que totalmente, transformando as ações em alienadas e alienantes" (Duarte, 1993, p. 89).

As ações realizadas na escola durante a alfabetização têm um fim em si mesmas. Desse modo, o que está ausente para a criança é a atividade correspondente às ações. A interdependência entre as ações e a atividade não poderá ser descoberta individualmente, pela relação direta com a escrita. A relação entre as ações e os motivos só é restabelecida a partir do trabalho coletivo entre os professores, que podem refletir conscientemente a relação entre os motivos das ações e as suas finalidades.

Algumas justificativas demonstram que as crianças consideraram que as (d) *escritas contidas no terceiro instrumento de pesquisa eram iguais às contidas no segundo instrumento,* ou seja, as escritas foram variadas em ambos os instrumentos e, por isso, serviam para ser lidas.

> P: Você acha que essas escritas servem para serem lidas?
> Samila: Serve.
> P: Por que você acha que servem para serem lidas?
> Samila: Porque essa daqui (mostra as escritas contidas no terceiro instrumento) é igual a essa (mostra as escritas contidas no segundo instrumento).

Algumas crianças afirmaram a legibilidade do escrito contido no terceiro instrumento de pesquisa, organizado com base na não-variedade de letras; havia (e) *letras diferentes*, e isso foi suficiente para a definição da legibilidade.

> P: Essas escritas servem para serem lidas?
> Daniel: Serve.
> P: Por que essas escritas servem para serem lidas?
> Daniel: Porque tem letra diferente.
> P: O que você acha que está escrito?
> Daniel: (Lê baixinho.) A SU.
> P: Essas duas escritas são iguais? (Mostra as escritas contidas nos dois instrumentos de pesquisa.)
> Daniel: Não.
> P: O que tem de diferente nelas?
> Daniel: Tem um monte de letra, uma diferente da outra. (Mostra o segundo instrumento de pesquisa.) Esse daqui tem duas juntas (mostra o terceiro instrumento de pesquisa) e esse daqui não tem.
> P: Quando tem duas letras servem para serem lidas?
> Daniel: Serve, é só juntar com a palavrinha e forma outra palavrinha e lê.

Assim, mesmo tendo observado que as palavras continham apenas duas letras, a criança disse que serviam para ser lidas, pois esses segmentos gráficos formavam palavras.

Outras crianças disseram que as escritas contidas no terceiro instrumento de pesquisa serviam para ser lidas porque serviam para (f) *formar palavras*. Vejamos a entrevista:

> P: Essas escritas servem para serem lidas?
> Shavana: Serve.
> P: Por que elas servem para serem lidas?
> Shavana: Serve para formar palavras.
> P: O que está escrito?
> Shavana: Não sei.
> P: Os dois materiais são iguais?

Shavana: Esse daqui (mostra o segundo instrumento de pesquisa) tem letras juntas. E esse daqui tá separadinho (mostra o terceiro instrumento de pesquisa). Dá pra juntar e formar palavras.

1.2 O escrito não serve para ser lido

Também pedimos às crianças que responderam que as escritas "não servem para ser lidas" que justificassem essa resposta. Elas o fizeram, explicando de diferentes formas que, se não havia variedade e quantidade de letras nas palavras de um texto, este não servia para ser lido.

Leiamos um exemplo no qual a criança assinalou que, para o texto ser lido, seria preciso que as letras que formavam as palavras fossem variadas:

P: Essas escritas servem para serem lidas?
Stevão: Umas dá. Essas de cá (aponta a letra A) não dá, essas não dá (aponta a letra C), não dá (aponta todas as escritas), nenhuma dá.
P: Por que essas escritas não servem para serem lidas?
Stevão: Porque tá cheio disso, com letras dessa, dessa. (Aponta que tem a mesma letra.)
P: Se servissem para serem lidas, como deveriam estar?
Stevão: Tinha que tá junta aqui, com essa outra (aponta a letra B). O A com essa (aponta a letra I), aquela, aquela (aponta letras diferentes).
P: Então tinha que ter letras diferentes?
Stevão: Juntas, juntinhas. E aí dava pra ler. Mas, se não ficasse assim e ficasse desse jeito que está, não dá pra ler.

Então, assim como Ferreiro & Teberosky (1989) observaram, a não-variedade de letras determinou as respostas das crianças, isto é, esse critério orientou a definição da ilegibilidade da escrita. A criança mostrou como deve haver letras diferentes para que uma escrita possa ser lida. Ela não compreende que a diferenciação na escrita não é aleatória, mas percebe a necessidade de diferenciar as letras.

As crianças que responderam que as escritas "não servem para ser lidas", a partir da análise do terceiro instrumento de pesquisa, baseado no critério da não-quantidade mínima de letras, justificaram essa resposta do seguinte modo: a) servem para formar palavras; b) porque as letras são diferentes, elas são letras para escrever; c) para ler é preciso ser igual ao segundo; d) porque só tem letras; e) porque não conseguem ler.

As duas primeiras justificativas denotam que as crianças compreenderam que há, na escola, distinção entre a escrita usada para aprender a ler e a escrever e a escrita para ler e escrever. Com base nessa distinção, definem que a escrita, baseada no princípio da não-quantidade de letras, não serve para ser lida, mas apenas para aprender a ler.

P: Essas escritas servem para serem lidas?
Felipe C.: Não serve.
P: Por que essas escritas não servem para serem lidas?
Felipe C.: É pra fazer palavras. CO, cadê o CO? (Aponta a sílaba CO.) Co-la, cadê o L e o A... cola. Me dá um papel, eu vou mostrar. Aqui eu já procurei e vou escrever cola (registra) e bala (registra). E aqui você pode escrever PE, agora é o X, é o I, peixe.
P.: Então quando tem letras assim não servem para serem lidas?
Felipe C.: Não serve, não serve. Mas serve pra escrever palavras.

As justificativas revelam que as crianças definiram que as escritas não serviam para ser lidas, porque eram escritas usadas nas atividades escolares (para formar palavras e para escrever).

Observamos que as crianças compararam as escritas contidas no segundo e no terceiro instrumentos e concluíram que só seria possível ler a escrita do terceiro instrumento, se ela tivesse as mesmas características da escrita do segundo.

Disseram ainda que as escritas não serviam para ser lidas, porque só havia letras ou sílabas isoladas. A última justificativa – porque não conseguem ler – traduz que as crianças consideravam que as escritas não podiam ser lidas, porque não conseguiam ler o que estava escrito.

> P: Essas escritas servem para serem lidas?
> C: Não serve.
> P: Por que não servem para serem lidas?
> C: Eu não consigo ler. Aqui tá escrito BA. Aqui a gente não consegue ler.

Essas crianças se basearam nos conhecimentos adquiridos sobre a escrita para definirem a ilegibilidade do escrito. Como dominavam o caráter alfabético da escrita, o que não conseguiam ler não podia ser legível.

1.3 O escrito serve para aprender a ler e a escrever

Pedimos, ainda, às crianças que responderam à primeira pergunta – se as escritas serviam para ser lidas – dizendo que "serviam para ler, para aprender a ler" para justificarem essa resposta. Observamos que as justificativas foram semelhantes às apresentadas pelas crianças que afirmaram que as escritas "não serviam para ser lidas".

> P: Essas escritas servem para serem lidas?
> Larissa: Serve pra ler, pra aprender a ler, pra ver.
> P: Por que você acha que essas escritas servem para ler, aprender e ver?
> Larissa: As letras?
> P: Sim, as letras.
> Larissa: Porque tá tudo junta. Serve pra ler, serve pra aprender.

Muitas crianças se referiam às escritas do primeiro instrumento como sendo "juntas", o que significava dizer que as letras não foram variadas para escrever as palavras ou mesmo que as letras eram iguais.

Isso confirma o que foi analisado. O princípio de variedade de letras como condição para o ato de leitura se deve às relações que a criança estabelece com a escrita e as atividades realizadas na escola, que não revelam a interdependência entre as ações e a sua finalidade. Elas produzem na criança uma visão fragmentada da atividade desenvolvida durante a alfabetização. As ações que fazem parte da atividade têm um fim em si mesmas e não estão fundidas em um processo mais amplo que promove a compreensão da atividade de leitura e de escrita.

1.4 Análise do texto

Ao observarem o segundo instrumento de pesquisa, com o texto escrito convencionalmente, todos os sujeitos, tanto no primeiro como no segundo momento do trabalho, responderam que servia para ser lido.

Pedimos aos sujeitos que justificassem a resposta dada, ou seja, que dissessem "por que as escritas servem para ser lidas". As justificativas foram: a) porque elas são diferentes da primeira; b) porque têm letras diferentes; c) porque a gente vê aqui os desenhos e lê nas letras o que eles estão fazendo; d) porque estão escritos os nomes dos desenhos; e) porque quem aprende lê nestas letras; e) o fato de existir letras escritas indica que há algo escrito.

As crianças que expressaram justificativas incluídas nos itens **a** e **b** perceberam que as escritas contidas no segundo instrumento eram diferenciadas. Vejamos a entrevista:

P: Você acha que essas escritas servem para serem lidas?
C: Serve para ler.
P: Por que você acha que elas servem para serem lidas?

C: Porque as letras estão tudo separada. Não é igual a essa. (Aponta o primeiro instrumento.)
P: Não são iguais a essa? Mas você me falou que as escritas do primeiro material também servem para serem lidas.
C: Serve.

Desse modo, as crianças perceberam que, no primeiro instrumento de pesquisa, as letras não foram variadas como no segundo. No entanto, isso não as influenciou de modo que modificassem a resposta dada. Isso confirma as observações que fizemos, pois a criança não considera apenas os aspectos formais da escrita, mas leva em conta, também, as suas experiências com a escrita na sala de aula para definir a legibilidade.

A entrevista com Daniel demonstra que ele indica as variações nas escritas contidas no segundo instrumento de pesquisa, para justificar a resposta "serve para ser lida".

P: Essas escritas servem para serem lidas?
C: Serve.
P: Por que você acha que essas escritas servem para serem lidas?
C: Porque tem um monte de letra diferente.

A justificativa apresentada para a legibilidade do escrito relacionada ao desenho (sintetizada nos itens c e d) ocorreu apenas no primeiro momento da pesquisa, pois, como mencionamos, no segundo momento, foram apresentadas apenas escritas para as crianças analisarem. As crianças afirmaram que a escrita servia para ser lida porque, se os desenhos são diferentes, também as escritas são diferentes e porque os escritos representavam os nomes dos desenhos. Não foi o aspecto formal da escrita que determinou a decisão dessas crianças. Assim, o critério de legibilidade foi estabelecido a partir dos desenhos.

A resposta sintetizada no item **d** demonstrou as observações que a criança fez em relação ao primeiro instrumento, baseado na "não-variedade de letras". Primeiro se aprende para depois ler. Apesar de apenas uma criança ter enunciado essa justificativa, ela é elucidativa, tendo em vista as análises feitas. Essa criança compreendeu que existem escritas que na escola são usadas para ensinar/aprender a ler e a escrever, mas não servem para ser lidas.

Ainda o fato de haver letras grafadas (item **e**) foi suficiente para as crianças justificarem suas respostas quanto à legibilidade do escrito. Essas crianças, apesar de terem experiências com escritas, tanto fora da escola como dentro, não se basearam nos princípios de "variedade de letras" e quantidade mínima de letras para estabelecer a legibilidade do escrito. Vejamos a entrevista realizada com Felipe:

P: Essas escritas servem para serem lidas?
Felipe: Serve.
P: Por que você acha que essas escritas servem para serem lidas?
Felipe: Tem a letra E, tem a letra P, tem a letra do navio.
P: Mas por que você acha que servem para serem lidas?
Felipe: Porque tem letra.

Como pode ser visto, ao analisarem os instrumentos de pesquisa, as crianças concluíram que as escritas serviam para ser lidas, não serviam para ser lidas e serviam para aprender a ler e a escrever.

As justificativas dadas à resposta (serve para ser lida) confirmaram que as crianças não consideram apenas os aspectos formais da escrita para definirem uma legibilidade de um escrito. Desse modo, concluímos que as técnicas usadas para ensinar a ler e a escrever e, portanto, as condições concretas em que se desenvolve a alfabetização, influenciam essa definição.

Assim, temos uma base empírica que nos leva a concluir que a definição da legibilidade da escrita pelos sujeitos envolvidos no estudo tem origem e é formada por meio das relações que as crianças estabelecem com a escrita na sala de aula. Essas relações, por sua vez, são intermediadas pelas pessoas que organizam e orientam o processo de alfabetização. Desse modo, esses princípios se formam pelas e nas relações sócio-históricas nas quais as crianças estão inseridas e tomam parte.

As respostas das crianças revelam que as atividades escolares são fragmentadas. Como os processos psíquicos têm origem nas relações externas e, portanto, nas relações sócio-históricas, estes também se tornam fragmentados.

A prática escolar de alfabetização, muitas vezes, não reconstitui a atividade adequada cristalizada na linguagem escrita. E a escrita, como objeto social, não provoca reações adequadas nas crianças, pois a sua apropriação envolve o domínio de ações interiores complexas. Segundo Leontiev,

> ... quando se trata da formação de acções interiores intelectuais – acções que se relacionam com fenómenos ideais – este processo é muito mais complexo. Tal como a influência dos objectos humanos, a influência dos conceitos, dos conhecimentos em si não é susceptível de provocar na criança reacções adequadas; com efeito, a criança deve antes apropriar-se delas (1978, p. 187).

Sendo assim, a apropriação supõe necessariamente a mediação, a relação com outras pessoas e com o objeto a ser conhecido. Entretanto, mesmo que a mediação esteja na base dos processos de apropriação, quando esta não reflete conscientemente a relação entre as ações e a atividade, as crianças passam a repetir comportamentos vistos, sem compreender a sua significação social.

Ao assinalarmos que as tarefas realizadas na sala de aula resultam em um processo de subjetivação também fragmentado, não estamos simplesmente tecendo críticas aos métodos usados para ensinar a ler e a escrever. Na realidade, aprender sílabas, formar palavras, copiar, etc. consiste em ações necessárias ao processo de apropriação da leitura e da escrita, desde que os professores construam, junto com as crianças, a relação entre os motivos que, durante a alfabetização, levam à realização dessas tarefas.

Essa é uma atividade a ser realizada pelos adultos que orientam o trabalho pedagógico. Entretanto, os próprios professores, ao longo de um processo histórico de alienação, foram perdendo a possibilidade de refletir conscientemente a relação entre o motivo e a finalidade do trabalho pedagógico. Muitas vezes, eles apenas transmitem habilidades que lhes foram transmitidas, adotando modelos de alfabetização que nada têm a ver com a realidade social das crianças e com as *qualidades específicas* da escrita.

Portanto, com base nos resultados do estudo, é possível analisar os resultados obtidos por Ferreiro & Teberosky (1989) acerca das observações que realizaram sobre os princípios que definem a legibilidade de um escrito. Os critérios estabelecidos pelas autoras para que as crianças procedessem à classificação dos cartões limitam as possibilidades de elaboração de outras respostas. A forma como conduzimos o trabalho, sem estabelecer critérios, demonstrou isso, pois os sujeitos também responderam que as escritas serviam para aprender a ler e a escrever.

Também observamos que a maioria das crianças, nos dois momentos do trabalho, enunciou respostas à primeira pergunta (as escritas servem para ser lidas) semelhantes aos critérios estabelecidos pelas autoras para as classificações dos cartões. Entretanto, diferentemente das conclusões das autoras, foi possível constatar que não são apenas os aspectos formais da escrita que determinam a legibilidade de um escrito. Os princípios que determinam a legibilidade de um escrito, definidos pelas crianças, são marcados pela forma como a atividade de leitura e escrita é desenvolvida na sala de aula, e revelam uma visão fragmentada do processo de alfabetização.

Capítulo 6 **As relações entre as letras e as unidades constituintes da linguagem oral**

Neste capítulo, analisaremos os textos produzidos pelos sujeitos envolvidos no estudo, no início e final do ano escolar. O primeiro momento em que os textos foram produzidos foi em março e o segundo em outubro. Participaram do primeiro momento do trabalho 31 sujeitos e do segundo momento 29 sujeitos (crianças da classe de Bloco Único).

As atividades de escrita de textos propostas às crianças tiveram por objetivo analisar como os sujeitos escreviam textos e identificar os mecanismos utilizados para grafá-los. No primeiro momento do trabalho, pedimos às crianças que escrevessem uma quadrinha popular. No segundo momento, solicitamos a elas que escrevessem cinco frases relacionadas à rotina e ao ambiente escolar.

As frases usadas durante o segundo momento da pesquisa, na ordem em que apresentamos às crianças, foram:

Hoje tem muitas crianças na sala de aula.
Tem uma criança na biblioteca.
A nossa escola é grande.
As carteiras da escola são branquinhas.
No armário tem muitos lápis coloridos.

Primeiramente, líamos os textos para as crianças e, depois, conversávamos com elas com o objetivo de estimulá-las a escrever os textos. Durante a conversa, dizíamos que escrever é uma forma de registro que nos ajuda a recordar o que foi anotado. Por isso, a escrita era importante, pois nos ajudava a lembrar. Após essa conversa, a maioria dos sujeitos se dispôs a escrever os textos.

Inicialmente, é essencial apontarmos os pressupostos teóricos que embasarão as análises das atividades desenvolvidas pelas crianças. Partimos da premissa de que os processos cognitivos desencadeados nas crianças que estão participando de um processo formal de ensino da leitura e da escrita se distinguem daqueles desencadeados a partir da experiência que ocorre no cotidiano.

Além disso, consideramos que a linguagem escrita é um conhecimento cuja apropriação implica a formação de ações interiores complexas e, dessa forma, exige um determinado grau de abstração. "A escrita é uma função lingüística distinta, que difere da fala oral tanto na estrutura como no funcionamento. Até mesmo o seu mínimo desenvolvimento exige um alto nível de abstração. É a fala em pensamento e imagens apenas, carecendo das qualidades musicais, expressivas e de entoação da fala oral" (Vigotski, 1989b, p. 85).

Vigotski (1989b) distingue a linguagem escrita da linguagem falada dizendo que a primeira é uma fala sem interlocutor. Enquanto, no ato de fala, o interlocutor está presente e motiva esse ato, "os motivos para escrever são mais abstratos, mais intelectualizados, mais distantes das necessidades imediatas. Na escrita, somos obrigados a criar a situação, ou a representá-la para nós mesmos. Isso exige um distanciamento da situação real" (1989b, p. 85). Quando a criança fala, não tem consciência dos sons que emite. "Na escrita ela tem que tomar conhecimento da estrutura sonora de cada palavra, dissecá-la e reproduzi-la em símbolos alfabéticos" (p. 85).

Esse autor assinala ainda que a relação da escrita com a fala interior é diferente da relação desta com a fala oral. A última "precede a fala interior no decorrer do desenvolvimento, ao passo que a escrita segue a fala interior e pressupõe a sua existência (o ato de escrever implica uma tradução a partir da fala interior)" (p. 85).

Tendo em vista as características da escrita, as diferenças entre a fala e a escrita e também o fato de a apropriação da escrita exigir a organização de um processo pedagógico escolar, nós a situamos, assim como Vigotski, na categoria de conceitos científicos.

Segundo Vigotski (1989b), as teorias baseadas no conceito de reflexo acreditam

> ... que os conhecimentos científicos não têm nenhuma história interna, isto é, não passam por nenhum processo de desenvolvimento, sendo absorvidos já prontos mediante um processo de compreensão e assimilação (p. 71).

Essa concepção é sustentada pelo pressuposto de que a aprendizagem é um processo de formação de hábitos. Esse pressuposto, segundo Vigotski (1989b), foi elaborado, originalmente, por William James. A segunda teoria sobre a evolução dos conceitos científicos nas crianças, segundo o autor, não nega que esses conceitos passem por um processo de desenvolvimento na mente da criança. Contudo, esse processo segue o mesmo percurso do desenvolvimento dos conceitos espontâneos. O principal defensor dessa teoria é o psicólogo Jean Piaget[1].

De acordo com Vigotski, há erros na teoria de Piaget que depreciam o valor das idéias por ele desenvolvidas. Assim,

> ... embora defenda que, ao formar um conceito, a criança o marca com as características da sua própria mentalidade, [...] tende a aplicar essa tese apenas aos conceitos espontâneos, e presume que somente estes podem nos elucidar as quali-

---

1. Entretanto, é necessário que tenhamos claro que as críticas de Vigotski incidem sobre as primeiras obras de Piaget.

dades especiais do pensamento infantil; ele não consegue ver a interação entre os dois tipos de conceitos e os elos que os unem num sistema total de conceitos, durante o desenvolvimento intelectual da criança (1989b, p. 73).

Os erros no trabalho de Piaget, segundo Vigotski, conduzem a outros, pois, se a socialização é um fator preponderante e indispensável ao processo de socialização do pensamento, a aprendizagem escolar é a principal responsável por essa socialização e, por isso, possui relação direta com esse processo. Entretanto, "teoricamente, a socialização do pensamento é vista por Piaget como uma abolição mecânica das características do próprio pensamento da criança, seu enfraquecimento gradual" (p. 73). Assim, o pensamento socializado é fruto de conflitos entre o pensamento infantil e o pensamento ensinado pelo adulto. Segundo Vigotski, essa contradição é o ponto mais débil da obra de Piaget, analisada pelo autor.

Em oposição a essas premissas da teoria psicogenética, Vigotski acredita que

> ... o desenvolvimento dos conceitos espontâneos e o dos conceitos não-espontâneos se relacionam e se influenciam constantemente. Fazem parte de um único processo: o desenvolvimento da formação de conceitos, que é afetado por diferentes condições externas e internas, mas que é essencialmente um processo unitário, e não um conflito entre formas de intelecção antagônicas e mutuamente exclusivas (1989b, p. 74).

Desse modo, podemos concluir que a apropriação da linguagem é um processo de formação de conceitos e, portanto, uma das principais fontes de desenvolvimento dos conceitos na criança. Entre os processos de ensino e o desenvolvimento na formação de conceitos, segundo Vigotski, "não devem existir antagonismos e sim relações complexas e de caráter positivo" [*tradução nossa*] (1993, p. 194).

1. As atividades de escrita

Como mencionamos, as atividades realizadas pelos sujeitos consistiram, nos dois momentos do ano letivo, na escrita de uma quadrinha popular e de frases que retratavam o cotidiano da escola. Optamos por propor às crianças que escrevessem a quadrinha e as frases, porque estas se constituíam em textos com sentido para os sujeitos. Buscamos, assim como Luria (1988), contextualizar as tarefas a serem realizadas, pois pedimos que registrassem os textos de modo que pudessem lembrar o seu conteúdo.

Apesar de a contextualização das tarefas seguir o mesmo delineamento proposto por Luria em seu estudo sobre o desenvolvimento da escrita nas crianças, não reproduzimos as tarefas realizadas por esse autor. Além disso, é importante enfatizar que Luria buscou, por meio dos estudos realizados, compreender estágios "primitivos" do desenvolvimento da escrita na criança e, desse modo, analisou processos primários do desenvolvimento. Por isso, os sujeitos pesquisados foram crianças pré-escolares e, portanto, que não estavam sendo expostas a um processo formal de alfabetização.

A partir das atividades de produção de textos realizadas pelas crianças, organizamos três categorias de análise: a) a escrita não é um recurso para a memória; b) análise das unidades sonoras no plano verbal; c) a escrita é um recurso para a memória. Vejamos detidamente cada uma das categorias.

a) A escrita não é um recurso para a memória

Observamos, durante o trabalho, crianças que: usaram letras para escrever o texto; as escritas produzidas não auxiliaram a lembrança dos textos; escreveram silenciosamente, isto é, não elaboraram no plano verbal as relações entre as letras registradas e as unidades da linguagem oral.

Vejamos, primeiramente, a escrita produzida por Larissa.

```
LARISSA

SBET
TENMSF
FMTSAS
ATEFRNP
RTRPFEBS
BNTRNP
SANRFAS BT
PATN FEBS
BNEFRISM
AREFSNFM
FARERSMSM
ARSNOIFMQ
```

Escrever, para Larissa, é reproduzir letras que foram memorizadas. Ao solicitarmos que escrevesse, se dispôs a fazê-lo. Entretanto, ao ouvir o primeiro verso da quadrinha que deveria ser registrada, olhou para os lados e disse: "eu não sei escrever domingo". Então a estimulamos, dizendo que ela poderia encontrar um jeito para escrever que a ajudasse a lembrar os versos. Assim, ela iniciou a escrita dos versos.

Luria assinala que as crianças, ao iniciarem o processo formal de alfabetização, retornam a formas primitivas de escrita. As primeiras produções escritas das crianças usando letras têm o mesmo caráter dos primeiros rabiscos. "A escrita não se desenvolve, de forma alguma, em uma linha reta, com um crescimento e um aperfeiçoamento contínuos

[...] depende, em considerável extensão, das técnicas de escrita usadas e equivale essencialmente à substituição de uma técnica por outra" (1988, p. 180). Assim, o desenvolvimento da escrita na criança "pode ser descrito como uma melhoria gradual do processo de escrita, dentro dos meios de cada técnica, e o ponto de aprimoramento abrupto marcando a transição de uma técnica para outra, entretanto, atrasa o desenvolvimento da escrita".

Essas afirmações de Luria são baseadas nas observações feitas sobre o desenvolvimento da escrita nas crianças pré-escolares. Após ter observado esse processo que se inicia por um *processo autocontido, que envolve a imitação da atividade do adulto* e culmina no uso de símbolos que adquirem um "significado funcional e começa graficamente a refletir o conteúdo que a criança deve anotar" (p. 181), as crianças, na fase escolar, iniciam o uso de uma nova técnica na qual os signos usados para anotar devem ser as letras. Desse modo, diante do uso de uma nova técnica "a criança começa com uma fase de escrita não-diferenciada pela qual já passou muito antes" (p. 181).

A escrita de Larissa, reproduzida anteriormente, não é indiferenciada. Para escrever cada verso, ela organizou as letras, diferenciando a sua posição. Entretanto, apesar das tentativas de diferenciações, a escrita não a ajudou a lembrar o conteúdo que deu origem ao registro. Ela nem sequer olhava para a escrita, quando solicitamos que lembrasse o conteúdo registrado. Depois de algumas tentativas afirmou:

C: Eu não consigo lembrar.
P: E o que você escreveu pode ajudá-la a lembrar?
C: (Observa as escritas.) Não. Eu não me lembro.

Vejamos, agora, a escrita de Marcus.

A criança escreveu diferenciando os registros de cada um dos versos. Desse modo, compreende que, para escrever significados distintos, é necessário distinguir a escrita. Entretanto, as diferenciações não possibilitam que tenha uma relação funcional com ela, pois a escrita produzida por Marcus não o ajudou a recordar o conteúdo registrado. Assim, o uso de letras marca o início do desenvolvimento na criança da escrita socialmente constituída. Contudo, o uso de letras para escrever e as tentativas de distinção dos registros não possibilitam uma relação funcional com os registros produzidos. Por isso, as crianças rememoram os textos ou argumentam que não lembram os conteúdos que motivaram os registros.

Leontiev (1978, pp. 179-80) assinala que o processo de apropriação pela criança de ações especificamente humanas difere dos mecanismos do comportamento animal. Os mecanismos do comportamento animal que agem conjuntamente são os mecanismos inatos, hereditários, e os mecanismos de adaptação individual. Sendo assim,

> ... o comportamento hereditário do animal adapta-se, acomoda-se, de certa maneira, aos elementos variáveis do meio exterior, no decurso da sua ontogênese. Na medida em que há sempre elementos variáveis do meio exterior, o comportamento específico do animal é sempre susceptível de modificações individuais (Leontiev, 1978, p. 176).

Dessa forma, "*os mecanismos de formação da experiência individual* [nos animais] *consistem numa adaptação do comportamento específico* [inatos, hereditários] *aos elementos mutáveis do meio exterior*" [grifos do autor] (p. 178).

As experiências humanas, segundo o autor, não se reduzem às experiências dos animais, pois ao processo de formação do homem soma-se um terceiro tipo de experiência, que é a sócio-histórica, da qual o homem só pode se apropriar no decurso do desenvolvimento ontogenético. Essa experiência "é produto do desenvolvimento de numerosas gerações e transmite-se de uma geração a outra" (p. 178). A apropriação dessa experiência pelas crianças provoca "uma modificação da estrutura geral dos processos de comportamento e do reflexo, forma novos modos de comportamento e engendra formas e tipos de comportamentos verdadeiramente novos" (p. 178).

Desse modo, podemos dizer que as escritas produzidas pelas crianças traduzem o resultado das primeiras experiências da criança com a escrita e marcam o início do desenvolvimento da escrita socialmente constituída que, certamente, possibilitará o surgimento de novas formas de se relacionar com as pessoas e com as objetivações do homem.

Outra característica importante do comportamento das crianças foi o fato de realizarem a tarefa de escrita silenciosamente. Isso nos pareceu interessante, porque, em outro grupo, a atividade de escrita foi sempre acompanhada pela fala que organizava a escrita.

A ausência de fala, durante a atividade, indicou que não relacionavam as grafias registradas com unidades da linguagem oral, pois outros sujeitos elaboravam a análise das unidades da linguagem oral por meio da fala e, dessa forma, registravam grafias correspondentes às unidades analisadas.

b) Análise das unidades sonoras no plano verbal

De acordo com Vigotski (1989b), a linguagem tem um papel fundamental no desenvolvimento da criança. A análise que fez sobre o pensamento e a linguagem parte das críticas que construiu sobre as primeiras elaborações de Piaget sobre esses dois fenômenos.

Piaget, no livro *A linguagem e o pensamento na criança*, descreveu os estudos que realizou sobre esse fenômeno. O grande mérito dessa obra está na descoberta da fala egocêntrica. Assim, as observações realizadas por Piaget o levaram a concluir que as conversas das crianças podem ser divididas em dois grupos: o egocêntrico e o socializado. Segundo o autor, a criança

> ... ao pronunciar as frases do primeiro grupo [...] não se preocupa em saber a quem fala nem se é escutada. Ela fala seja a si mesma, seja pelo prazer de associar qualquer um à sua ação imediata. Na fala socializada, a criança tenta estabelecer trocas com os outros seja informando o interlocutor de qualquer coisa que possa interessar a ele e influir sobre sua conduta, seja havendo troca verdadeira, discussão, ou mesmo colaboração em busca de um objetivo comum (1986, p. 7).

Para Vigotski, "Piaget enfatiza que [a fala egocêntrica] não cumpre nenhuma função verdadeiramente útil no comportamento da criança, e que simplesmente se atrofia à medida que a criança se aproxima da idade escolar" (1989b, p. 14). Entretanto, as investigações realizadas por Vigotski o levaram a elaborar uma nova interpretação sobre o destino e papel da fala egocêntrica no processo de desenvolvimento das funções intelectuais. Assim, a linguagem egocêntrica, que, no decorrer do desenvolvimento infantil, inicialmente, tem a função de acompanhar a atividade da criança, "além de ser um meio de expressão e de liberação da tensão, torna-se logo um instrumento do pensamento, no sentido próprio do termo – a busca e o planejamento da solução de um problema" (1989b, p. 15).

Esse autor assinala ainda que, quando as crianças se vêem diante de situações-problemas, ou seja, de uma tarefa difícil de ser solucionada, o coeficiente de fala egocêntrica aumenta. Diante da atividade de escrita de um texto, observamos que as crianças analisavam verbalmente as unidades da linguagem e escreviam letras correspondentes às unidades analisadas.

Podemos afirmar, então, que o processo de desenvolvimento da escrita, nas crianças que estão iniciando a escolarização formal, começa pelo uso de letras para registrar um determinado conteúdo. O uso de letras caracteriza o aparecimento de uma nova função cultural – a escrita. As aprendizagens escolares, em seguida, possibilitarão que as crianças comecem a perceber as relações entre o oral e o escrito e, dessa forma, passem a analisar as unidades da linguagem oral no plano verbal e registrar letras correspondentes às unidades analisadas.

Assim, as crianças usavam letras para escrever; o escrito não auxiliava a recordação dos textos; analisavam as unidades constituintes da linguagem oral no plano verbal e registravam letras correspondentes às unidades analisadas.

Desse modo, o último item diferencia a atividade dos sujeitos incluídos nesta categoria, se comparada à categoria de análise anterior (item **a**). Durante a pesquisa, foi possível observar e registrar as relações elaboradas pelas crianças ao escreverem o texto. É verdade que, em alguns momentos, foi difícil esse registro, pois a fala se tornava quase inaudível, mas mostraremos, a partir dos exemplos das atividades realizadas pelas crianças, o que foi possível ouvir e captar.

Vejamos, então, a escrita produzida por Iolanda e, em seguida, a descrição das análises efetuadas das relações entre letras e unidades da linguagem oral.

Iolanda

OLMIAMA
NIAICASA
AOIOAEM
ADNMEIANA
DANMOCHNIO

O	L	M	I	A	M	A
ho	je	tem	crianças	na	sa	la

N	IA	ICASA
tem	uma	(parou de falar)

A	O	I	O	A	E	M
a	nossa	es	co	la	é	grande

A	D	N	MEIANA
a	car	tei	(parou de falar)

D	A	N	M	O	C	HNIO
no	ar	mário	tem	muitos	lá	(parou de falar)

Como pode ser observado, uma letra pode ser usada para representar sílabas, palavras ou duas sílabas de uma palavra. Outro aspecto a ser ressaltado é que, quando Iolanda interrompia a fala, a atividade de escrita assumia as mesmas características das atividades analisadas no item **a**. Isso demonstra que o desenvolvimento da escrita, na criança, não é linear, podendo, desse modo, coexistir, numa mesma criança, diferentes formas de efetuar a relação entre as letras e as unidades da linguagem oral analisadas.

Quando pedimos que lembrasse o que havia registrado, Iolanda apontou as escritas e disse:

> Na escola tem muita gente.
> Na biblioteca tem uma criança dentro.
> As carteiras são branquinhas.
> No armário tem lápis de cor.
> A escola são grande.

Desse modo, podemos concluir que a criança não se relacionou com os registros para lembrar o conteúdo das frases e rememorou as frases que motivaram a escrita e também que as crianças constroem externamente, por meio da linguagem, as relações entre letras e unidades sonoras.

Esse fato novo conduz à hipótese de que, se quisermos investigar como as crianças constroem e compreendem as relações entre o oral e o escrito durante a fase inicial de alfabetização, teremos necessariamente que partir das análises elaboradas pelas crianças no plano verbal, no momento em que efetuam os registros.

Segundo Leontiev, "a acção interior constitui-se [...], primeiro, sob a forma de uma acção exterior desenvolvida" (1978, p. 188). A apropriação de conhecimentos, desse modo, pressupõe "que o sujeito passe das acções realizadas no exterior às acções situadas no plano verbal, depois a uma interiorização progressiva destas últimas" (p. 188).

Durante o trabalho, observamos como as relações entre o oral e o escrito são construídas, pois as crianças manifestavam por meio da fala essas relações. Desse modo, a criança regulava a atividade de escrita e o seu próprio comportamento durante o registro. Poderíamos dizer que a criança regula a atividade de escrita e o seu comportamento por meio da linguagem.

Vejamos a escrita produzida por Guilherme e também a análise que elaborou das unidades da linguagem oral no plano verbal.

O	E	O	FO
ho	je	do	mingo

E	I	M	O
ho	je	do	mingo

E	A	R	M
pé	ca	chim	bo

A		E	RF
cachimbo		é	barro
E	O	FM	
bate	no	jarro	
A	O	UE	
jar	ro	ouro	
OE	R	I	
bate	no	touro	
I		A	D
o touro		é	valente
A		E	O
chifra a		gen	te
RO		AO	
a gente		fraco	
I	U	EF	
cai	nu	buraco	
A	M		OUERO
bura	é fundo		acabou-se o mundo.

Dessa forma, as relações elaboradas pelas crianças não traduzem adequadamente a relação entre letra e som, mas demonstram as primeiras tentativas de relacionar o oral e o escrito. Essas tentativas revelam que as crianças usaram uma letra para representar uma palavra ou uma sílaba e duas letras para representar uma palavra. A letra grafada, em alguns momentos, faz parte da sílaba ou palavra (em se tratando especialmente das vogais) ou pode não fazer parte da sílaba ou palavra representada. Dessa forma, não existe uma regularidade das relações efetuadas pelo aluno.

É ainda importante ressaltar que os sinais gráficos produzidos não ajudam essas crianças a recordar o conteúdo do texto. Embora haja todo um processo mental de elaboração da escrita, esta ainda não auxilia a recordação dos significados anotados. E para que isso ocorra é necessário que as crianças se apropriem de modo adequado das relações entre sons e letras que estão na base da atividade de escrita.

Demonstramos como as crianças analisavam as unidades constituintes da linguagem oral, no plano verbal, por meio da fala, num processo de auto-regulação da atividade. Entretanto, o início da compreensão das relações entre o oral e o escrito não possibilita que as crianças se relacionem com os registros para lembrar o texto. Isso ocorre porque as crianças têm que aprimorar esse processo, por meio da ação do professor que ensina e explica como os segmentos gráficos correspondem aos segmentos sonoros e quais são as letras adequadas a cada segmento sonoro.

c) A escrita é um recurso para a memória

As crianças que possuíam o domínio do caráter alfabético da escrita relacionavam-se com os registros para recordar o texto. Vejamos a escrita produzida por Erika.

FELIPE
O GITE POTA CRISANASALADIAUA
TE 1 CRIASANABIBIOTECA

A NOSAESFCOLA É RADI
ASA CARATRATA ES COLA E RAMODI
BS ARMARUTEMULAPIA COLOLRTU

Essa criança realizou a atividade silenciosamente. O silêncio só era quebrado quando tinha dúvidas na grafia de uma palavra e, por isso, perguntava que letra deveria ser usada para escrever.

Nesse caso, a escrita auxilia a recordação do conteúdo registrado. Observamos, ainda, que a análise das relações entre sons e letras não se desenvolve no plano verbal, mas no plano intrapsicológico.

Entre as entrevistas, notamos uma criança que se relacionava com os registros para lembrar o conteúdo das frases e analisava no plano verbal as unidades da linguagem oral. Vejamos a escrita produzida por Felipe C. É muito interessante a atividade intelectual da criança observada por meio da fala.

Vejamos, então, as análises elaboradas pelo aluno para escrever a primeira frase: "hoje tem muitas crianças na sala de aula".

ho (Grafa a letra "o".)
ji-ji, como é o ji? É o "g" e o "e". É separado? (Grafa a sílaba "GI".)
(Volta ao que foi registrado e lê.) Hoje tem, tem (Grafa a sílaba "TE".)
mui, é junto ou separado? mu – mui, tô querendo lembrar pelo menos a primeira letra. (Grafa as letras "p" e "o" e diz): vou botar o "p", eu não sei qual é.
ta (Grafa a sílaba "TA".)
cri (Grafa as letras "r" e "i". Em outro momento corrige, acrescentando a letra "c".)
an (Não grafa nenhuma letra.)
sa (Grafa a sílaba "SA".)
na (Grafa a sílaba "NA".)
sa-sa (Grafa a sílaba "SA".)
la-la (Grafa a sílaba "LA".)
di-di (Grafa a sílaba "DI".)
aula - au (Grafa a sílaba "AU".)
au la - au-a (Grafa a letra "a".)

Assim, podemos observar as relações construídas por Felipe C. ao redigir. Um aspecto que merece ser ressaltado é que as perguntas feitas por Felipe C. durante a realização da tarefa não objetivavam estabelecer comunicação com o interlocutor. Apenas uma pergunta, durante os registros, foi feita com o objetivo de obter resposta: quando perguntou se estava certo o que havia escrito. Essa criança lembra o conteúdo das frases a partir dos registros, e, dessa forma, a escrita é um recurso para a memória. No entanto, as operações mentais são elaboradas externamente por meio da fala. No início da atividade, a quantidade de fala observada era maior. Ao iniciar a segunda frase, limitou-se a enunciar a sílaba e a registrar seus correspondentes gráficos.

Para concluirmos este capítulo, é necessário que uma pergunta seja respondida: será que a apropriação das relações entre letras e fonemas é suficiente para que a criança compreenda a sua significação social? A resposta é não. Somente a apropriação dessas relações não implica a apropriação da significação social da escrita porque a primeira não se reduz à aquisição da habilidade de análise das unidades menores das palavras e de grafar símbolos gráficos adequados a cada segmento sonoro. Mesmo que seja uma análise que precise ser aprendida e constitua o processo de desenvolvimento da escrita na criança, a apropriação dessa atividade só se realiza plenamente quando as crianças aprendem a realizar, em relação à escrita, a atividade adequada que se concretiza na sua função individual e interindividual. Desse modo, podemos afirmar que as crianças se apropriaram de uma atividade humana que lhes possibilita o desenvolvimento rumo à formação do gênero humano.

É importante ressaltar que três crianças que participaram desse momento do trabalho se negaram a realizar a atividade. Elas afirmaram que não sabiam escrever, e nossos esforços no sentido de estimulá-las a realizar a atividade foram insuficientes.

Apesar de não ter sido objetivo do trabalho discutir o processo evolutivo das crianças durante o ano escolar, é preocupante a observação de que apenas três delas chegaram ao mês de outubro com o domínio do caráter alfabético da escrita, sendo que uma dessas crianças já tinha esse domínio no início do ano escolar. No próximo capítulo, analisaremos a importância da ação do professor no processo de alfabetização.

Finalmente, enfatizamos que a apropriação das operações mentais necessárias à atividade de escrita, como a análise da relação entre letras e fonemas, não é suficiente para que as crianças se apropriem do significado social da escrita. Na realidade, segundo Leontiev "a aquisição de conhecimentos torna-se um processo que provoca igualmente a formação na criança de acções e de operações intelectuais. Isso serve de ponto de partida para a aquisição dos conceitos, nas suas ligações e no seu movimento" (1978, pp. 183-4), isto é, na sua significação.

Supor que a apropriação se reduza à aquisição de capacidades associativas implica restringir o desenvolvimento da linguagem escrita a um processo puramente mecânico. "O processo de apropriação realiza a necessidade principal e o princípio fundamental do desenvolvimento ontogenético humano – a reprodução, nas aptidões e propriedades do indivíduo, das aptidões e propriedades historicamente formadas da espécie humana" (Leontiev, 1978, p. 172), que não se restringem à aquisição dessa habilidade.

Assim, a apropriação do conhecimento de fato ocorre sob duas condições. Primeiro,

> ... a criança tem de efetuar a seu respeito uma actividade [...] cognitiva que responda de maneira *adequada* [...] à actividade humana que eles encarnam. Em que medida a actividade da criança será adequada e, por consequência, em que grau a significação de um objecto ou de um fenómeno lhe aparecerá, isto é outro problema, mas esta *actividade deve sempre reproduzir-se* [grifos do autor] (p. 167).

Segundo, as crianças precisam estar em comunicação com outras pessoas que reconstruam, junto com elas, as operações cognitivas necessárias à atividade e que também reconstruam a relação entre essas operações cognitivas e a atividade a que estão relacionadas.

Por isso, ensinar a ler e a escrever é um processo de reconstrução pelo professor, junto com as crianças, das operações cognitivas que estão na base desse conhecimento. Entretanto, o ensino dessas operações precisa estar integrado à significação social da escrita.

Desse modo, um ensino que priorize a formação de operações intelectuais em detrimento do significado social da escrita perde de vista as finalidades do processo educativo – a formação da humanidade consciente. Por outro lado, o ensino que prioriza a significação da escrita em detrimento das operações intelectuais, que necessitam ser aprendidas, não fornece as bases indispensáveis ao processo de apropriação dos conhecimentos. Assim, a educação escolar deve ser um processo que abarque, ao mesmo tempo, apropriação de operações intelectuais humanas e ações motoras que estão na base dos conhecimentos integrados a sua significação. É esse processo que torna o trabalho pedagógico escolar, de fato, educativo.

Capítulo 7 **Considerações finais**

A prática educativa de alfabetização realiza um dos círculos essenciais da atividade vital humana geradora do processo histórico: a apropriação da linguagem escrita que possibilita, portanto, a sua recriação e a inserção da criança em esferas cada vez mais amplas da genericidade.

Desse modo, analisar o processo de alfabetização de crianças implica analisar a dinâmica relação entre apropriação e objetivação. Sendo que "o processo de apropriação é aquele no qual o indivíduo se apropria das características do gênero e não da espécie" (Duarte, 1993, p. 42).

A linguagem escrita, como objetivação do gênero humano, é exterior ao homem. Assim, para que as crianças se objetivem nesse conhecimento é necessário que se apropriem da sua significação. Em outras palavras, que se apropriem da prática social humana que está cristalizada nesse conhecimento.

Entretanto, como analisamos anteriormente, os sentidos que a alfabetização tem para as crianças e para os adultos estão desintegrados do significado social do processo de formação dos indivíduos. Segundo Duarte (1993, p. 82), a atividade humana, além de objetivadora e social, "caracteriza-se por ser uma atividade consciente". Essa característica da atividade humana, ao mesmo tempo que distingue os homens dos animais inferiores, "possibilita que essa atividade se torne alienada, isto é, que ela deixe de ser o que caracteriza a especificidade do ser humano, para se transformar, para o indivíduo, em simples meio de sua existência física" (ibidem, p. 84). Sendo assim, o fato de a apropriação dos conhecimentos exigir que as crianças e professores reflitam, conscientemente, a relação entre as ações que desenvolvem na sala de aula e suas finalidades determina que, quando a consciência está ausente, as ações se tornam alienadas e se reduzem a "simples meio para existência física", não tornando possível, desse modo, a recriação da linguagem escrita.

As crianças e os adultos entrevistados demonstraram, por meio de suas falas, que a alfabetização escolar os instrumentaliza para reproduzirem as condições essenciais de sua existência em-si. Assim, foi possível constatar que a apropriação da linguagem escrita não tem produzido nos indivíduos motivos que ultrapassem os limites das necessidades da vida cotidiana. No entanto, consideramos que o fato de os sentidos atribuídos à alfabetização não ultrapassarem as finalidades de satisfação das necessidades imediatas dos seres humanos não implica que não constituam necessidades básicas de qualquer indivíduo.

A vida cotidiana, segundo Heller (apud Granjo, 1996, p. 31), "é um conjunto de atividades que caracterizam a reprodução dos homens particulares, os quais, por sua vez, criam a possibilidade da reprodução social". Ainda conforme Heller, o "objetivo do homem particular é de autoconservação; o homem particular se identifica assim de maneira espontânea com o sistema de hábitos e exigências que permitem sua autoconservação, que fazem de sua vida algo o mais 'cômodo' e sem conflitos possível" (apud Duarte, 1993, p. 177). Todo homem é, segundo Duarte (1993), particular e genérico. O que significa que a particularidade não é originariamente alienada. A alienação resulta do fato de a particularidade se tornar, no interior de relações sociais de dominação, o principal objetivo da vida da maioria dos homens.

Assim, os sentidos atribuídos à alfabetização não traduzem as possibilidades máximas dos indivíduos em relação ao gênero. As crianças, ao aprenderem apenas com a finalidade de usarem a escrita como meio de comunicação a distância, de serem trabalhadores e, ilusoriamente, imaginarem que essa aquisição proporcionará uma mudança de suas condições materiais e, também, com a finalidade de realizarem as atividades propostas pela professora na sala de aula, estão se alienando da humanidade e constituindo a sua individualidade em-si.

A apropriação da leitura e da escrita com essas finalidades pode ser importante, pois elas podem se tornar motivos que "agem efetivamente" sobre as crianças e contribuir para que se apropriem da linguagem escrita e, também, tornar possível a compreensão dos motivos que realmente se associam a esse aprendizado. Porém, o significado da alfabetização não pode permanecer nessa esfera que conduz a objetivações do gênero em-si.

Sendo assim, o fato de as crianças apropriarem-se da genericidade em-si e objetivarem-se, como individualidade em-si, não as torna alienadas. A alienação decorre do fato de a prática escolar transformar a finalidade do processo de alfabetização em simples meio para reprodução da existência. Ou, segundo Marx (apud Duarte, 1993, p. 177), de transformar "sua essência em um simples meio de existência". A alienação é "antes de mais nada, enquanto um processo objetivo, um processo onde as relações sociais cerceiam ou impedem que a vida dos indivíduos realize as possibilidades de vida humana" (Duarte, 1993, p. 61).

Concluímos que os sentidos estão desintegrados dos significados. O fato de as finalidades do processo de alfabetização ficarem circunscritas a esses conteúdos faz com que os sentidos e o significado se alienem definitivamente, alienando, dessa forma, a criança da significação social da linguagem escrita.

Segundo Duarte (1993), uma teoria de formação da individualidade fundada numa concepção histórica e social não pode consistir unicamente em analisar os processos de apropriação e objetivação associados apenas à formação de determinados comportamentos. Desse modo, uma concepção de alfabetização fundada nesses princípios precisa se posicionar com relação ao caráter humanizador ou alienador dos comportamentos que estão sendo formados nas crianças.

O critério para a definição do que é alienador ou humanizador se fundamenta, segundo Duarte (1993), na definição daquilo que no processo de apropriação da linguagem escrita "se constitui nas possibilidades máximas já alcançadas historicamente" por esse conhecimento. Dessa forma, os sentidos atribuídos pelos sujeitos à alfabetização revelam que não se constituem nas possibilidades máximas já alcançadas pela linguagem escrita, pois se restringem a simples meio para reprodução da existência em-si, a reprodução do homem particular.

A alfabetização é um processo sócio-histórico e cultural que realiza a necessidade fundamental das crianças e dos seres humanos de inserção na genericidade para-si. A alfabetização, como dinâmica da relação entre a apropriação e a objetivação, é um processo de inserção dos indivíduos na continuidade da história.

Segundo Duarte (1993), para que o indivíduo venha a se objetivar, como ser genérico (ser humano), ele precisa tomar para si os resultados do desenvolvimento humano e fazer desses resultados "órgãos de sua individualidade", o que significa inserir-se na história.

No entanto, se o processo de apropriação/objetivação se realiza no interior de práticas educativas de alfabetização que não tornam possível uma relação consciente com o significado da linguagem escrita, ele se torna a base para a alienação. "O indivíduo em-si, alienado [...], é um tipo de indivíduo resultante das relações sociais alienadas, isto é, resultante de processos de objetivação e apropriação alienados e alienantes" (Duarte, 1993, p. 181).

A alfabetização envolve a relação consciente com a linguagem escrita. Logo, a prática escolar de alfabetização tem um papel importante: o de ser mediadora dessa relação. "O processo educativo escolar não pode ser visto apenas como um processo que coloca o indivíduo em contato com as objetivações genéricas para-si, mas também 'não secundariamente', como um processo que torna as objetivações genéricas para-si uma necessidade para o pleno desenvolvimento individual" (Duarte, 1993, p. 185).

As análises realizadas durante o estudo conduzem sempre à prática pedagógica de alfabetização. Essa, muitas vezes, fundamentada numa perspectiva naturalizante do desenvolvimento da escrita na criança, possibilita que ela permaneça encerrada em determinados níveis de objetivação do gênero.

O que fazer para que a prática educativa de alfabetização se torne, então, mediadora entre as crianças e as objetivações genéricas para-si? Primeiro, é necessário que se rompa com concepções que naturalizam o desenvolvimento. Segundo, é preciso, a partir de uma abordagem sócio-histórica, definir o papel da aprendizagem escolar no processo de formação da individualidade. Vigotski (1989a, b), ao estudar a relação entre aprendizagem escolar e desenvolvimento, fornece alguns elementos importantes para essa definição. Para ele, a aprendizagem e o desenvolvimento são fenômenos que "estão inter-relacionados desde os primeiros dias de vida da criança", e a aprendizagem escolar tem uma história prévia, que se inicia antes de a criança freqüentar a escola. Porém, a aprendizagem escolar "produz algo fundamentalmente novo no desenvolvimento da criança". A aprendizagem escolar eleva a *genericidade em-si* para a *genericidade para-si*. E isso é fundamentalmente novo para a criança na escola. Assim sendo, o ensino só é efetivo se provoca o desenvolvimento, se produz essa passagem.

O conceito de zona de desenvolvimento proximal elaborado por Vigotski baseia-se na premissa de que a educação escolar deve promover o desenvolvimento. Desse modo, o processo educativo escolar não pode apenas colocar as crianças em contato com a linguagem escrita. Ele deve possibilitar que compreendam que esse conhecimento é imprescindível à sua formação: "uma necessidade intrínseca deve ser despertada nelas e a escrita deve ser incorporada a uma tarefa necessária e relevante para a vida" (Vigotski, 1989a, p. 133).

A aprendizagem escolar, sobretudo a apropriação da leitura e da escrita, é um processo fundamental para a formação da individualidade. A prática escolar de alfabetização medeia essa formação à medida que as atividades realizadas na sala de aula promovem o desenvolvimento para níveis mais elevados e favorecem a relação consciente do "ser singular" com as objetivações genéricas para-si.

A intervenção pedagógica é fundamental para que a criança se aproprie dos conhecimentos. Mas essa intervenção não significa uma direção autoritária do processo educativo e a redução da criança em um receptor passivo. Ela é fundamental porque a linguagem escrita possui uma objetividade social e, desse modo, cristaliza práticas sociais que somente serão apropriadas pelas crianças se forem reconstruídas pelo professor durante a alfabetização. Assim, o professor medeia a relação da criança com a linguagem escrita. Ao mediar essa apropriação,

> ... estará contribuindo para a apropriação de sistemas de referência que permitem ampliar as oportunidades de o aluno se objetivar em níveis superiores, não só satisfazendo necessidades já identificadas e postas pelo desenvolvimento efetivo da criança, como produzindo novas necessidades de outro tipo e considerando o desenvolvimento potencial, ou seja, ações pedagógicas que estimulam e dirigem o desenvolvimento da criança (Basso, 1996, p. 8).

Para finalizar é importante destacar que a proposta deste estudo foi recuperar a historicidade do processo de alfabetização. Consideramos que esse é um desafio que se impõe, principalmente, se levarmos em conta a realidade brasileira atual, no contexto do neoliberalismo, sustentado pelas idéias do pós-modernismo, "ideologia específica do neoliberalismo".

De acordo com Frigotto (in Gentili, 1995, p. 78), as teses do pós-modernismo prenunciam: "o fim das classes sociais, dos paradigmas calcados na razão, da utopia de uma mudança estrutural das relações capitalistas, o fim do trabalho como categoria fundamental para entender a produção do ser humano como espécie e como evolução histórica". Desse modo, profetizam o "fim da história" e proclamam, segundo esse autor (ibidem), "o surgimento da sociedade do conhecimento, o desaparecimento do proletariado e a emergência do cognitariado".

Essas apologias resultam da "crise do capitalismo real". Nesse contexto de crise real, conceitos e categorias se "metamorfoseiam" com o objetivo de reproduzir as relações sociais e de produção desse sistema. Assim, "o neoliberalismo se põe como uma alternativa teórica, econômica, ideológica, ético-política e educativa à crise do capitalismo deste final de século" (p. 79). Apontaremos sucintamente, de acordo com Frigotto (in Gentili, 1995), como as teses do neoliberalismo se manifestam nos planos teórico e educacional.

No plano teórico, a crise se apresenta a partir da negação de quatro aspectos indicados por Chaui (apud Frigotto, in Gentili, 1995, pp. 79-80):

> ... que haja uma esfera da objetividade e, em seu lugar, o surgimento do subjetivismo narcísico; que a razão possa captar uma certa continuidade temporal e o sentido da história, surgindo em seu lugar a perspectiva do descontínuo, do contingente e do local; a existência de uma estrutura de poder que se materializa através de instituições fundadas, tanto na lógica da dominação quanto da liberdade e, em seu lugar, o surgimento de micropoderes que disciplinam o social; e, por fim, a negação de categorias gerais, como universalidade, objetividade, ideologia, verdade, tidos como mitos de uma razão etnocêntrica e totalitária, surgindo em seu lu-

gar a ênfase na diferença, alteridade, subjetividade, contingência, descontinuidade, privado sobre o público.

Essa crise conduz à impossibilidade da razão e da história "e acaba instaurando um profundo pessimismo que constrói a crença de que é impossível qualquer mudança mais global ou sistêmica da sociedade" (p. 80).

No âmbito educacional, a crise se assenta nos planos teórico, ideológico, ético-político e econômico. As políticas públicas da educação passam, desse modo, a ser (e sempre foram) reguladas pelas leis do mercado. No contexto do neoliberalismo ainda de forma mais perversa, pois resulta numa "filosofia utilitarista e imediatista e [numa] concepção fragmentária do conhecimento concebido como um dado, uma mercadoria e não uma construção, um processo de formação" da individualidade humana.

Partindo dessa concepção, como nos indica Frigotto, o conceito de *capital humano* ("constructo ideológico básico do economicismo na educação nos anos 60 e 70") assume uma nova roupagem e se apresenta, em nossos dias, como *sociedade do conhecimento*. Essa categoria "expressa a base ideológica da forma que assumem as relações do capitalismo globalizado sob uma nova base técnico-científica" (p. 89) e anuncia uma mudança efetiva na sociedade capitalista neste final de século. Essas mudanças demandam um novo perfil do trabalhador que irá atender às necessidades do capital.

A nova materialidade (padrão tecnológico baseado na informatização) requisita trabalhadores "com capacidade de abstração e de trabalho em equipe". Esses serão os coordenadores do processo produtivo.

Essas mudanças incidem sobre o campo educacional e "os conceitos que tentam dar conta desta nova materialidade são: formação para qualidade total, formação abstrata, policognição e qualificação flexível e polivalente" (p. 101). O conceito de policognição, segundo Pinto (apud Frigotto, in Gentili, 1995, p. 101), se constitui dos seguintes componentes básicos:

a) o domínio dos fundamentos científicos intelectuais subjacentes às diferentes técnicas que caracterizam o processo produtivo moderno, associado ao desempenho de um especialista em um ramo profissional específico;
b) compreensão de um fenômeno em processo no que se refere tanto à lógica funcional das máquinas inteligentes como à organização produtiva como um todo;
c) responsabilidade, lealdade, criatividade, sensualismo;
d) disposição do trabalhador para colocar seu potencial cognitivo e comportamental a serviço da produtividade da empresa.

Assim, segundo Frigotto, os novos conceitos que se articulam à categoria mais geral de *sociedade do conhecimento* não são alterados substantivamente se comparados aos elementos básicos da teoria de *capital humano* que são: "dimensões cognitivas (conhecimento abstrato) e valores, atitudes e comportamento".

As novas medidas, no âmbito da educação, que visam a adequar a escola a essa nova realidade, para que venha formar esse novo tipo de homem, têm redundado no aniquilamento da escola pública e, principalmente, da escolarização básica. Dessa forma, a exclusão é a marca das políticas educacionais que ora se implantam no país, uma vez que os trabalhadores reivindicados pelo capital, com as capacidades já mencionadas, o que é privilégio de uma minoria, é que estarão nos postos de comando do processo produtivo.

A análise realizada por Frigotto, descrita sinteticamente, é importante para que possamos reafirmar a proposta teórica deste estudo, que é recuperar a historicidade da alfabetização. No contexto do neoliberalismo, é fundamental que se reconstruam os conceitos de alfabetização e as concepções de desenvolvimento da escrita na criança, fundamentados numa concepção histórica e social. Os conceitos que se baseiam numa concepção prático-utilitária da alfabetização têm sido integrados à política educacional excludente que objetiva instrumentalizar a grande maioria dos indivíduos para reproduzirem a sua vivência em-si, como indivíduos particulares, e reproduzirem, na mesma medida, as relações sociais de dominação da sociedade capitalista.

Acentuamos que a alfabetização é um processo em que as crianças se formam como seres humanos e que realiza um dos círculos fundamentais do processo de *formação da humanidade livre e universal*. Sendo assim, de acordo com Frigotto (in Gentili, 1995, p. 105), a "escola pública, unitária, numa perspectiva omnilateral e politécnica, levando em conta as múltiplas necessidades do ser humano, é o horizonte adequado [...] do papel da educação na alternativa democrática ao neoliberalismo".

Nesse sentido, a alfabetização precisa ser um processo que não se restrinja à aquisição de habilidades mecânicas e que supere a reprodução de formas concretas de atividades práticas. A alfabetização deve contribuir para que sejam operadas mudanças nas formas de atividade coletiva e individual e, assim, ampliar as possibilidades de as crianças lidarem com níveis mais amplos e superiores de objetivações do gênero humano.

Referências bibliográficas

AZEVEDO, Maria Amélia; MARQUES, Maria Lúcia (org.). *Alfabetização hoje*. São Paulo: Cortez, 1994. 111 pp.

AZENHA, Maria da Graça. *Imagens e letras*: Ferreiro e Luria – duas teorias psicogenéticas. São Paulo: Ática, 1995. 196 pp.

BAKHTIN, Mikhail. *Marxismo e filosofia da linguagem*. 6. ed. São Paulo: Hucitec, 1992. 196 pp.

——. *Estética da criação verbal*. São Paulo: Martins Fontes, 1992. 421 pp.

BASSO, Salgado Itacy. Significado e sentido do trabalho docente. In: *Série Documentos*. Florianópolis: VIII ENDIPE, n. 1, maio 1996.

BRAGGIO, Silvia Lúcia Bigonjal. *Leitura e alfabetização:* da concepção mecanicista sociopsicolingüística. Porto Alegre: Artes Médicas, 1992. 102 pp.

BRASLAVSKY, Berta Perilslein. La lengua escrita y los procesos de adquisición del conocimiento en una concepción sociohistórico-cultural. In: *La educación*. Washington, D. C.: Department of Educacion Affairs, 1994, n. 117, ano XXXVIII.

BREGUNCI, Maria das Graças de Castro. Construtivismo: grandes e pequenas dúvidas. In: *Intermédio*, Cadernos CEALE. Belo Horizonte, v. 1, ano 1, 199(?).

CAGLIARI, Luiz Carlos. *Alfabetização & lingüística*. São Paulo: Scipione, 1989. 189 pp.

CARRAHER, Terezinha N. Construtivismo e alfabetização: um balanço crítico. *Educação em Revista*: Belo Horizonte, v. 12, dez. 1990.

——. *O método clínico*: usando os exames de Piaget. São Paulo: Cortez, 1989. 162 pp.

CARVALHO, Janete Magalhães; FERREIRA, Lucila Conceição Frizzera. *A etnometodologia em ciências sociais*: da observação dos fatos à ação/transformação. Vitória, 199(?). mimeo. 24 pp.

DAVIS, Cláudia. Uma escolinha de saber miúdo. *Cadernos de Pesquisa*. São Paulo: Fundação Carlos Chagas, nov. 1990, pp. 45-56.

DIETZSCH, Maria Júlia M. Cartilhas. A negação do leitor. In: MARTINS, Maria Helena (org.). *Questões de linguagem*. São Paulo: Contexto, 1991. pp. 27-46.

DUARTE, Newton. *A individualidade para-si:* contribuição a uma teoria histórico-social da formação do indivíduo. São Paulo: Editores e Autores Associados, 1993. 227 pp.

——. Concepções afirmativas e negativas sobre o ato de ensinar. In: *Série Documentos*, VIII ENDIPE. Florianópolis: Núcleo de Publicações/CED/UFSCar, n. 1, maio 1996.

FERNANDES, Angela Maria Dias. A constituição da psicogênese enquanto teoria hegemônica na década de 80. In: *Fórum Educacional*. Rio de Janeiro, dez. 1989, fev. 1990. pp. 47-59.

FERREIRO, Emília. *Com todas as letras.* São Paulo: Cortez, 1992.

——. Desenvolvimento da alfabetização: psicogênese. In: GOODMAN, Yetta (org.). *Como as crianças constroem a leitura e a escrita.* Porto Alegre: Artes Médicas, 1995. pp. 22-35.

___. Sobre a necessária coordenação entre semelhanças e diferenças. In: CASTORINA, José Antônio, et al. *Piaget, Vygotsky*: novas contribuições para o debate. São Paulo: Ática, 1996. pp. 147-75.

FERREIRO, Emília; TEBEROSKY, Ana. *Psicogênese da língua escrita.* Porto Alegre: Artes Médicas, 1989. 284 pp.

FONTANA, Roseli. *A mediação pedagógica na sala de aula*. São Paulo: Cortez, 1996. 176 pp.

FRIGOTTO, Gaudêncio. Os delírios da razão: crise do capital e metamorfose conceitual no campo educacional. In: GENTILI, Pablo (org.). *Pedagogia da exclusão:* crítica ao neoliberalismo em educação. Petrópolis: Vozes, 1995. pp. 77-108.

GABBARDO, Liana Maria Raquia. Contribuições da psicologia soviética para o processo de alfabetização. In: *Educação*. Porto Alegre, ano XVI, n. 24, 1993. pp. 53-60.

GÓES, Maria Cecília Rafael de; SMOLKA, Ana Luíza Bustamante. A criança e a linguagem escrita. Considerações sobre a produção de textos. In: ALENCAR, Eunice Soriano (org.). *Novas contribuições da psicologia aos processos de aprendizagem*. São Paulo: Cortez, 1992. pp. 51-69.

GOODMAN, Yetta. O desenvolvimento da escrita em crianças muito pequenas. In: FERREIRO, Emília; PALÁCIO, Margarita Gomes.

Os processos de leitura e escrita: novas perspectivas. 3. ed. Porto Alegre: Artes Médicas, 1990. pp. 85-123.
GRANJO, Maria Helena Bittencourt. *Agnes Heller*: filosofia, moral e educação. Petrópolis: Vozes, 1996. 124 pp.
HELLER, Agnes. *O cotidiano e a história.* 4. ed. São Paulo: Paz e Terra, 1992. 121 pp.
JUNIOR, José Contini. A concepção do sistema alfabético por crianças em idade pré-escolar. In: KATO, Mary Aizawa (org.). *A concepção da escrita pela criança.* Campinas: Pontes, 1988. pp. 53-104.
KOSIK, Karel. *Dialética do concreto.* 5. ed. Rio de Janeiro: Paz e Terra, 1989. 230 pp.
KRAMER, Sônia. *Por entre as pedras*: arma e sonho na escola. São Paulo: Ática, 1993. 213 pp.
LANDSMANN, Liliana Tolchinsky. Desenvolvimento da alfabetização e suas implicações pedagógicas: evidências do sistema hebraico de escrita. In: GOODMAN, Yetta (org.). *Como as crianças constroem a leitura e a escrita.* Porto Alegre: Artes Médicas, 1995. pp. 36-53.
LEONTIEV, Alexis. *O desenvolvimento do psiquismo.* Lisboa: Horizonte Universitário, 1978. 350 pp.
___. Uma contribuição à teoria do desenvolvimento da psique infantil. In: VIGOTSKI, L. S.; LURIA, A. R.; LEONTIEV, A. N. *Linguagem, desenvolvimento e aprendizagem.* 4. ed. São Paulo: Icone, 1988. pp. 59-84.
LUKÁCS, George. A ontologia de Marx: questões metodológicas preliminares. In: NETTO, José Paulo. *Lukács.* São Paulo: Ática, 1992. pp. 87-108.
LURIA, A. R. *Desenvolvimento cognitivo.* 2. ed. São Paulo: Icone, 1990. 219 pp.
___. O desenvolvimento da escrita na criança. In: VIGOTSKI, L. S.; LURIA, A. R.; LEONTIEV, A. N. *Linguagem, desenvolvimento e aprendizagem.* 4. ed. São Paulo: Icone, 1988. pp. 143-189.
___. *Linguagem e pensamento*: as últimas conferências de Luria. Porto Alegre: Artes Médicas, 1986. 212 pp.
OLIVEIRA, Marta Kohl de. Pensar a educação: contribuições de Vygotsky. In: CASTORINA, José Antônio et al. *Piaget, Vygotsky*: novas contribuições para o debate. 2. ed. São Paulo: Ática, 1996. pp. 51-84.
PIATTELLI-PALMARINI, Massimo. *Teorias da linguagem, teorias da aprendizagem.* Lisboa: Edições 70, 1987. 513 pp.
PIAGET, Jean. *A linguagem e o pensamento na criança.* 4. ed. São Paulo: Martins Fontes, 1986. 212 pp.

PIMENTEL, Maria Auxiliadora Mattos. *A alfabetização*: um estudo preliminar ligado à prontidão e à conceituação. Rio de Janeiro, 1984. 134 pp. Dissertação de Mestrado em Psicologia Escolar, Departamento de Psicologia, Universidade Gama Filho.

PINO, Angel. O conceito de mediação semiótica em Vygotsky e seu papel na aplicação do psiquismo humano. *Cadernos dos Cedes*. Pensamento e linguagem: estudos na perspectiva soviética. Campinas: Papirus, n. 24, 1991. pp. 32-43.

REGO, Lucia Browne. Descobrindo a língua escrita antes de aprender a ler. In: KATO, Mary Aizawa (org.). *A concepção da escrita pela criança*. Campinas: Pontes, 1988. pp. 105-34.

ROCKWELL, Elsie. Os usos escolares da língua escrita. In: FERREIRO, Emília; PALÁCIO, Margarita Gomes. *Os processos de leitura e escrita:* novas perspectivas. 3. ed. Porto Alegre: Artes Médicas, 1990. pp. 231-67.

ROCCO, Maria Tereza Fraga. Acesso ao mundo da escrita: os caminhos paralelos de Luria e Ferreiro. *Cadernos de Pesquisa*. São Paulo: Fundação Carlos Chagas, nov. 1990. pp. 25-34.

ROMANELLI, Otaíza de Oliveira. *História da educação no Brasil* (1930-1973). 8. ed. Petrópolis: Vozes, 1986. 267 pp.

SETÚBAL, Maria Alice. A língua escrita numa perspectiva interacionista: embates e similaridades. *Idéias 20* – Construtivismo em revista. São Paulo: FDE, 1993. pp. 94-104.

SILVA, Pedro Tadeu da. Desconstruindo o construtivismo pedagógico. *Educação Realidade*. Porto Alegre, v. 2, pp. 3-10, jul./dez. 1993.

SMITH, Frank. *Compreendendo a leitura*: uma análise psicolingüística da leitura e do aprender a ler. 3. ed. Porto Alegre: Artes Médicas, 1991. 423 pp.

SMOLKA, Ana Luiza Bustamante. *A criança na fase inicial da escrita*: a alfabetização como um processo discursivo. São Paulo: Cortez, 1989. 135 pp.

SOARES, Magda Becker. *Alfabetização no Brasil*: o estado do conhecimento. Brasília: INEP (Instituto Nacional de Estudos e Pesquisas Educacionais), 1991. 155 pp.

VEER, René Van Der; VALSINER, Jaan. *Vygotsky, uma síntese*. São Paulo: Loyola, 1996. 479 pp.

VIGOTSKI, Liev Semiónovich. *Historia del desarrollo de las funciones psíquicas superiores*. Cuba: Editorial Científico Técnica, 1987. 215 pp.

——. *A formação social da mente*. São Paulo: Martins Fontes, 1989a. 168 pp.

——. *Obras escogidas*. Madri: Visor Distribuciones, t. II, 1993. 484 pp.

——. *Pensamento e linguagem*. São Paulo: Martins Fontes, 1989b. 135 pp.

——. Aprendizagem e desenvolvimento intelectual na idade escolar. In: VIGOTSKI, Liev Semiónovich; LURIA, A. R.; LEONTIEV, A. N. *Linguagem, desenvolvimento e aprendizagem*. 4. ed. São Paulo: Icone, 1988. pp. 103-18.

IMPRESSÃO E ACABAMENTO:
YANGRAF Fone/Fax: 6198.1788